山風にのって歌がきこえる

大槻三好と松枝のこと

惣田紗希

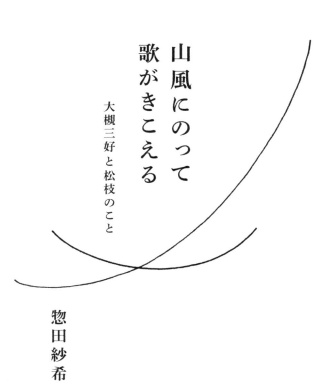

はじめに

大槻三好と松枝は、共に一九〇〇年代初頭に群馬県太田市に生まれ育ち、一九二〇年代から活動を始めた歌人夫婦である。

私が二人の短歌に出合ったのは、二〇一八年の夏に群馬県の太田市美術館・図書館で開催された展覧会『ことばをながめる、ことばとあるく――詩と歌のある風景』（会期：二〇一八年八月七日～十月二十一日）に作家として呼ばれたことがきっかけだった。

展示の内容としては、太田市に所縁のある作家とのコラボレーション枠で、太田市を拠点に活動していた知られざる歌人夫婦・大槻三好と松枝の短歌を元に、美術館の展示室の壁三面に壁画を描くというもの。

私は太田市に隣接する栃木県足利市に生まれ育ったため、太田市に馴染みはあったものの、作品制作当時、三好と松枝を知る手がかりは、現在は絶版となっている三冊の歌集しかなかった。三好の二十～二十五歳までの短歌を収録した『白墨の粉』（紅玉堂書店、一九二九年）、二十六～三十歳までの短歌を収録した『花と木馬』（素人社書屋、一九三四年）、松枝の死後に三好が遺稿を編集・装丁した『紅椿』（紅玉堂書店、一九三〇年）の三冊である。

その三冊を広げて読み解き、二人が共有していたであろう時間や心の揺れを辿りながら、それぞれの生活、仕事、出会い、恋愛、結婚、出産、死別までの歌を時系列に沿って選出し、展覧会では合計三十九首を壁面に並べ、それに合わせて全長約二十メートルの壁画『山風と記憶を辿る線』を描いた。

美術館の展示では空間的な制約があったため三十九首に絞られたが、本書ではそれを元に、より深く夫婦の背景を辿れるよう短歌を大幅に追加し、再編集した。

太田市のほぼ中央に位置し、街のシンボルとされている金山は、太田市美術館・図書館を起点としても歩いて頂上まで行くことができる。それは、夫婦が共に歩いた道でもあったかもしれない。山頂からは、太田市の街をほとんど見渡すことができる。この街で過ごした夫婦の生活はどんなものだったのか。山頂で心地よく吹く風に耳を澄ます。

目次

凡例

・短歌において、右ページには松枝、左ページには三好の短歌を掲載している。

・短歌の改行は原書に基づいているが、一部可読性を優先し、改行位置を変更している。

・短歌において、旧字体は新字体に改め、旧仮名遣いは原書のままとする。

松　松　松
一本一本光と影もつて
すくすく空へのびてる

寝ころんでぢつと見てゐる
草の葉のそよぎに
何か話しかけたい

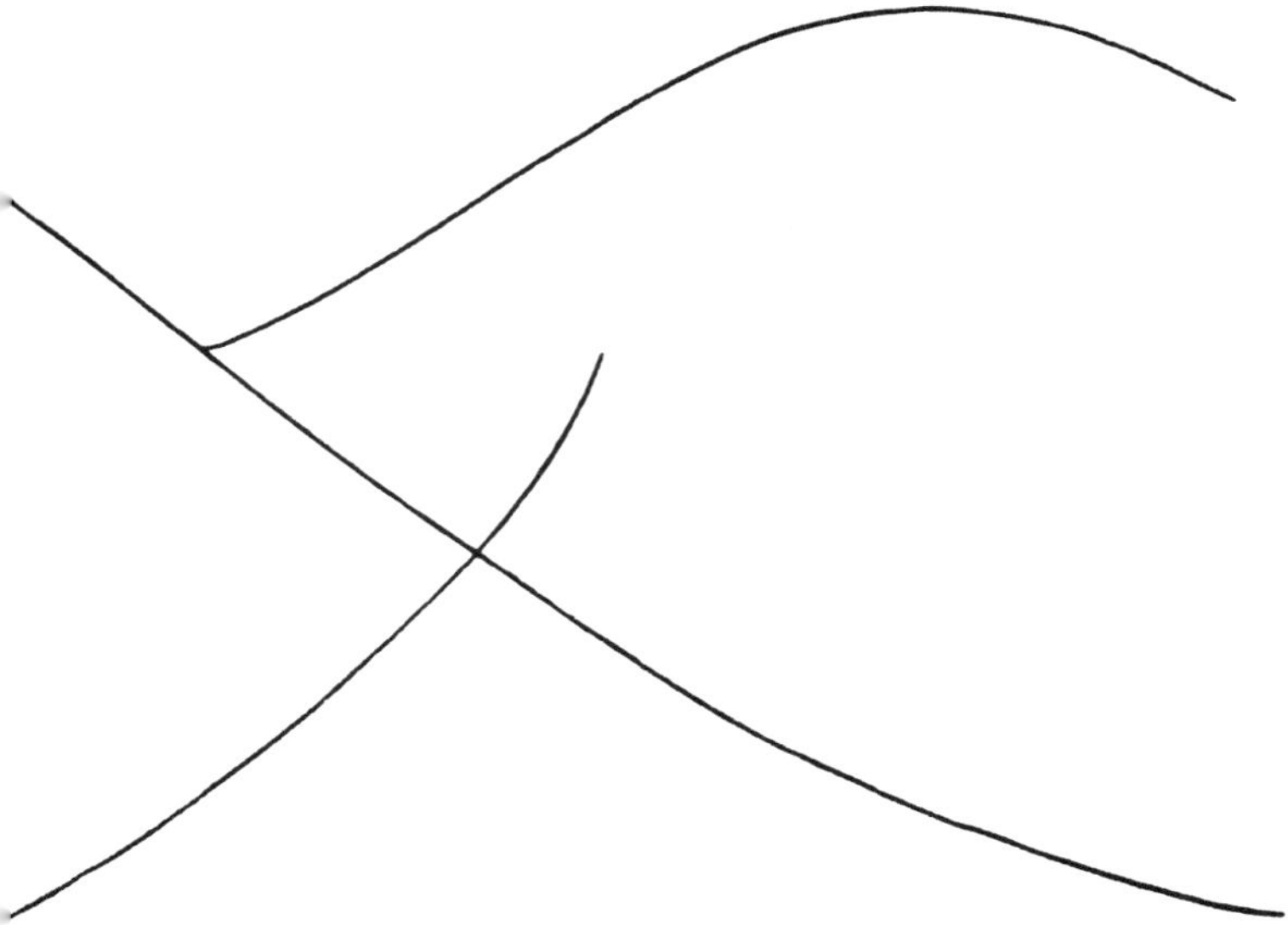

三月五日
父の命日近づいて
椿の蕾がふくらんで来た

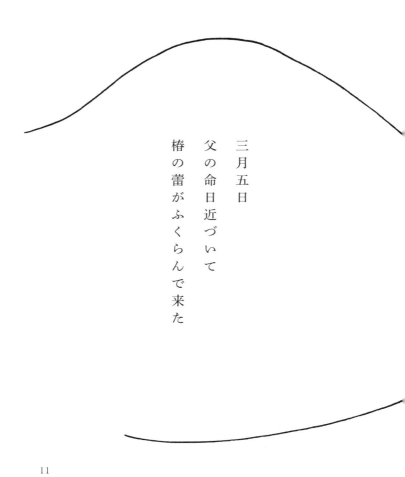

私は紅椿が大好きなんです
母は大きらひなんです
死んだ父よ

見知らない父を
恋ふ日が続きます
椿よ　お前が咲いてくれると

ぽつたりと椿姫のよに
美しく死んで行きたい
二十五の春

一葉も二十五でした
わたしもまた
椿咲く春静に逝きたい

秘密など見つけてもない湯上りの
素肌を月の光りに照らす

この丸み乳のふくらみ
いつのまに恥づかしい程熟したか
からだ

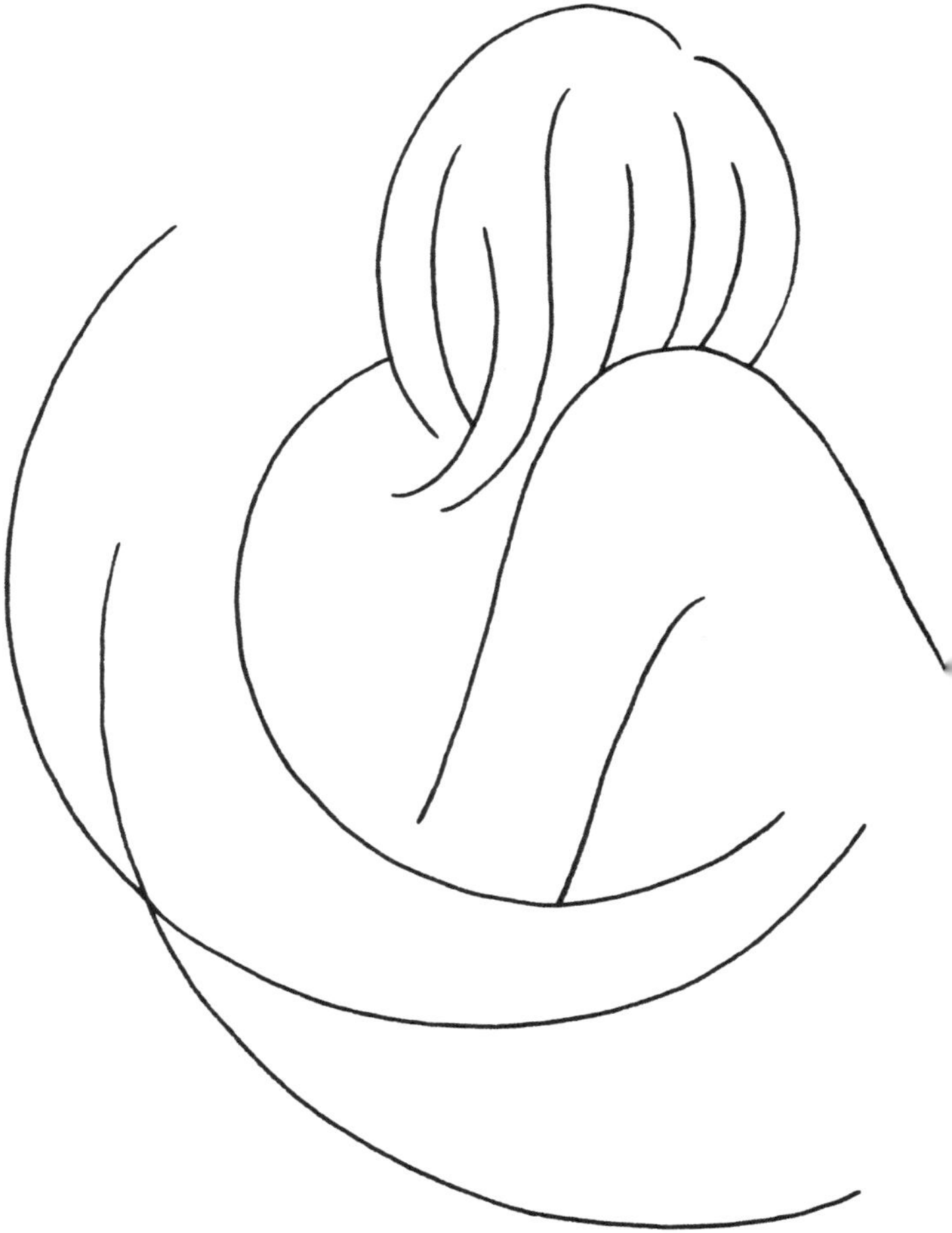

教へ子の前にはいつも快活な
私にもある若い悩みが

先生を萬能の神と思はせた
私の母を讃へたくなる

先生になるなと止めた先生の
疑問の言葉なつてみて知る

教室から
大自然の美へ飛び出した
児等の魂がかけめぐる丘

一年生のバラ〲の歩調よ
あの中に神が居るのだ
おどつてゐるのだ

働くは人の務と知つてるが
休めば食へぬプロだ　かなしい

思つてる仕事が全部出来たなら
恨みはないな明日死んだとて

散りしだいたポプラの落葉を
子供等よ
せめてうらまず掃いておくれよ

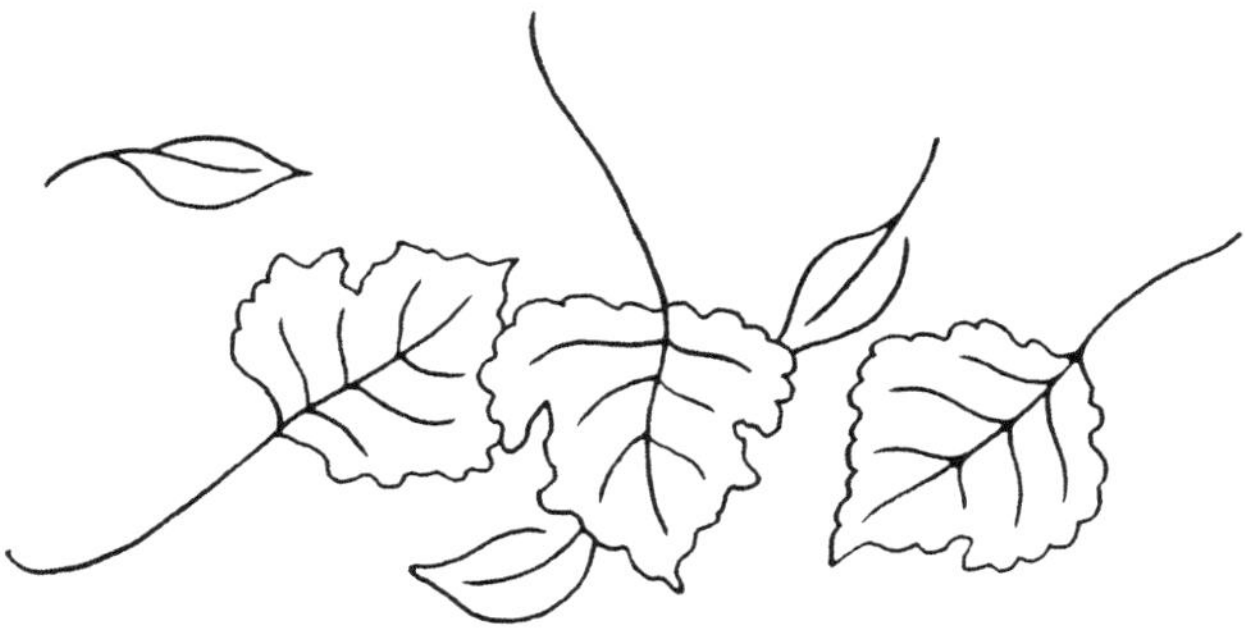

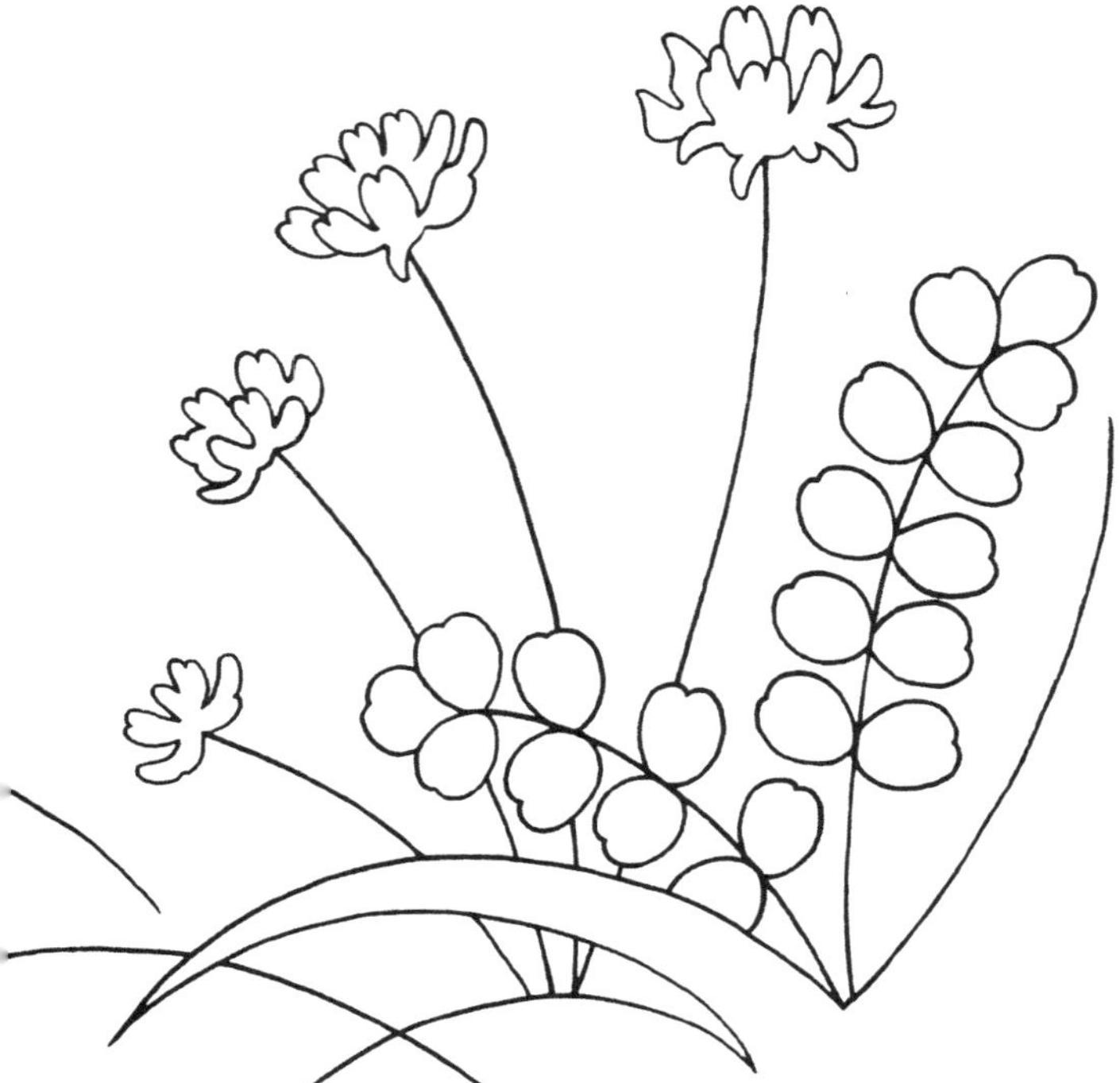

此の花の名を知つてゐて？
野の草に
話のいとぐち見つけた君だ

子供等の帰つた後の教室に
コンパクトなどそと出してみる

逢へるだろ
さう思つて来て逢へた日よ
神が此の世に居るよな日だつた

二人だけ取り残された日のくれの
事務室を唯微笑で別れる

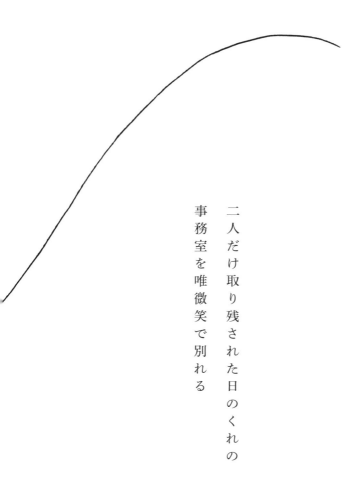

二人きりに
とり残された嬉しさが
風の音にも心をくばる

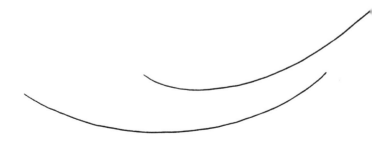

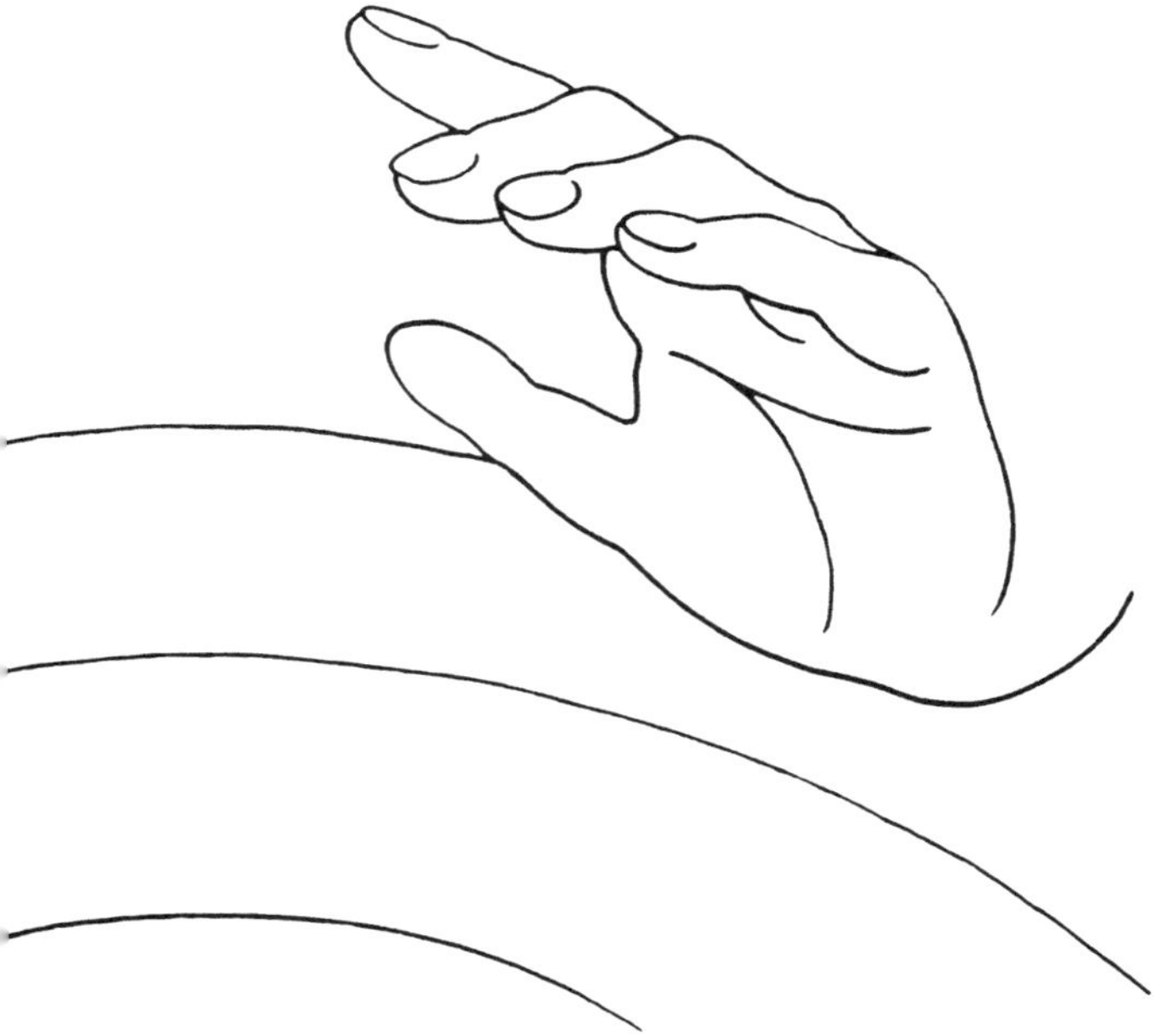

ちつぽけな火鉢を
二人ではさんだ日
あの美しい爪を知つた日

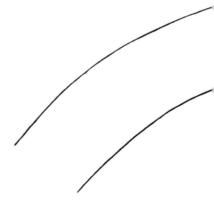

日曜を一人ひつそりあの山に
君は描いてるかなつかしく見る

日曜を松山へ来たが
どこを描くあてあるでなし
煙草くゆらす

その人の瞳を指にブルーズの
ほつれかがればもどかしい針

絵具だらけのブルーズが
目ざめを待つてゐた
日曜の朝の明るい日射し

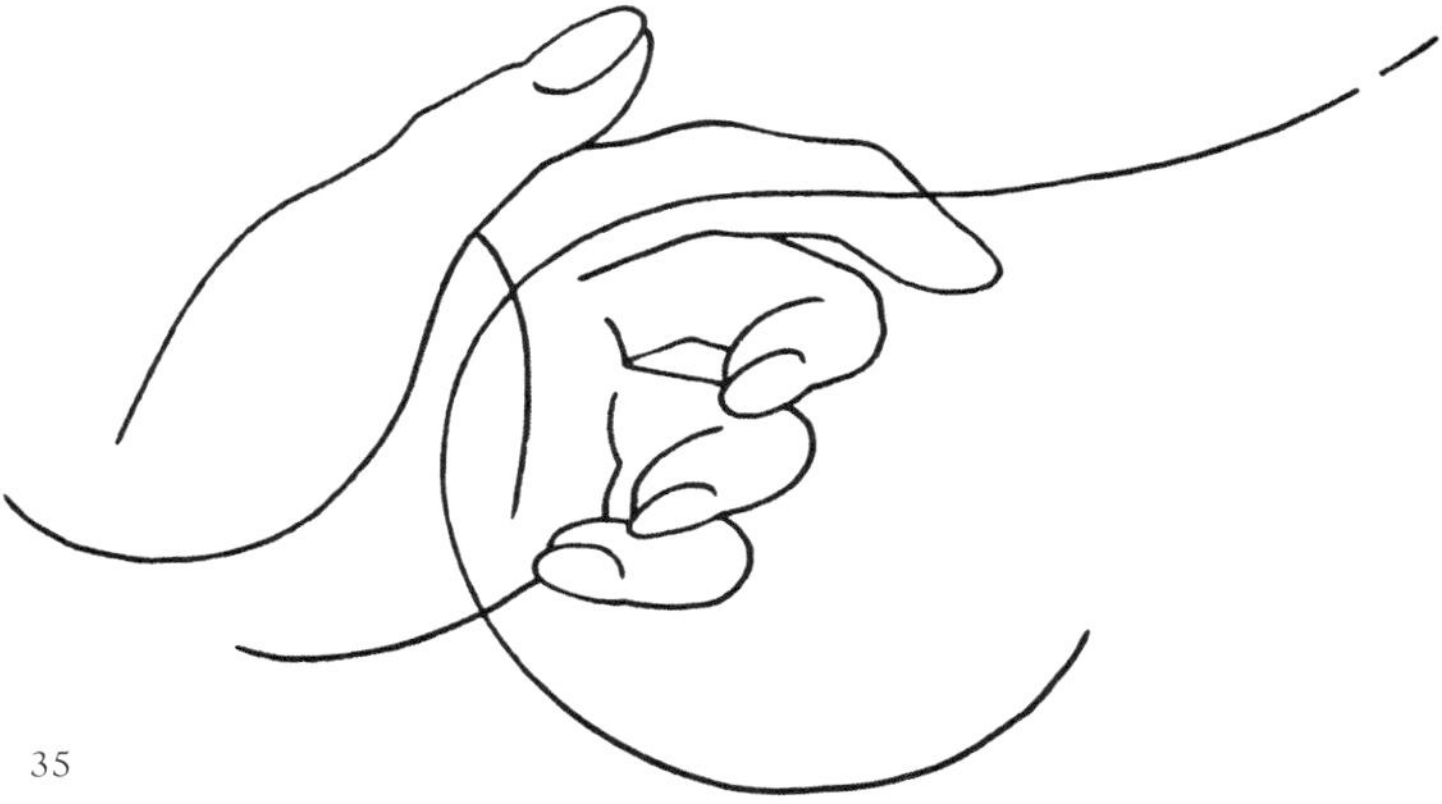

よせと言ふ兄にかくれて夜の街へ
抜け出て見たが淋しいばかり

あてもないのぞみをかけて出た
街の灯りにふつと君に似た人

約束の人があるんぢやないけれど
誰か来さうで丘をぶらつく

生か死か二つしかないこの道に
君を慕ふて踏み迷ふてる

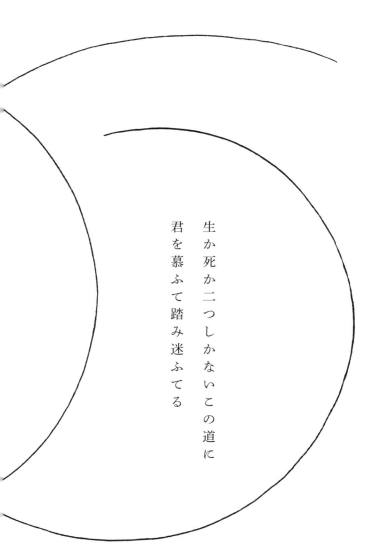

あひしたふ二つのこころは
なぜこうもしのばねばならぬか
あめつちのかみ

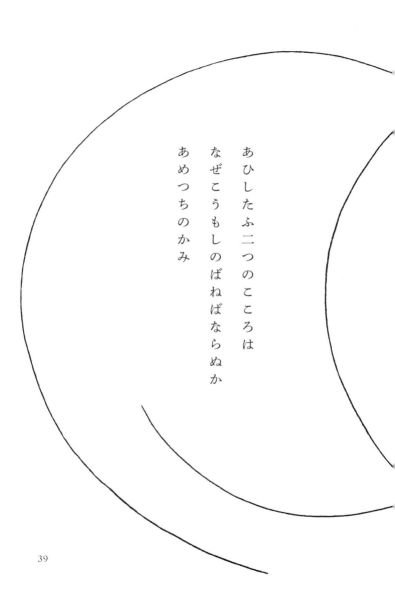

告げられぬ思ひを指にキイ打てば
指は走らず思ひが走る

思ふよにキイを走らぬ指の爪
噛んでは又も君想ふてる

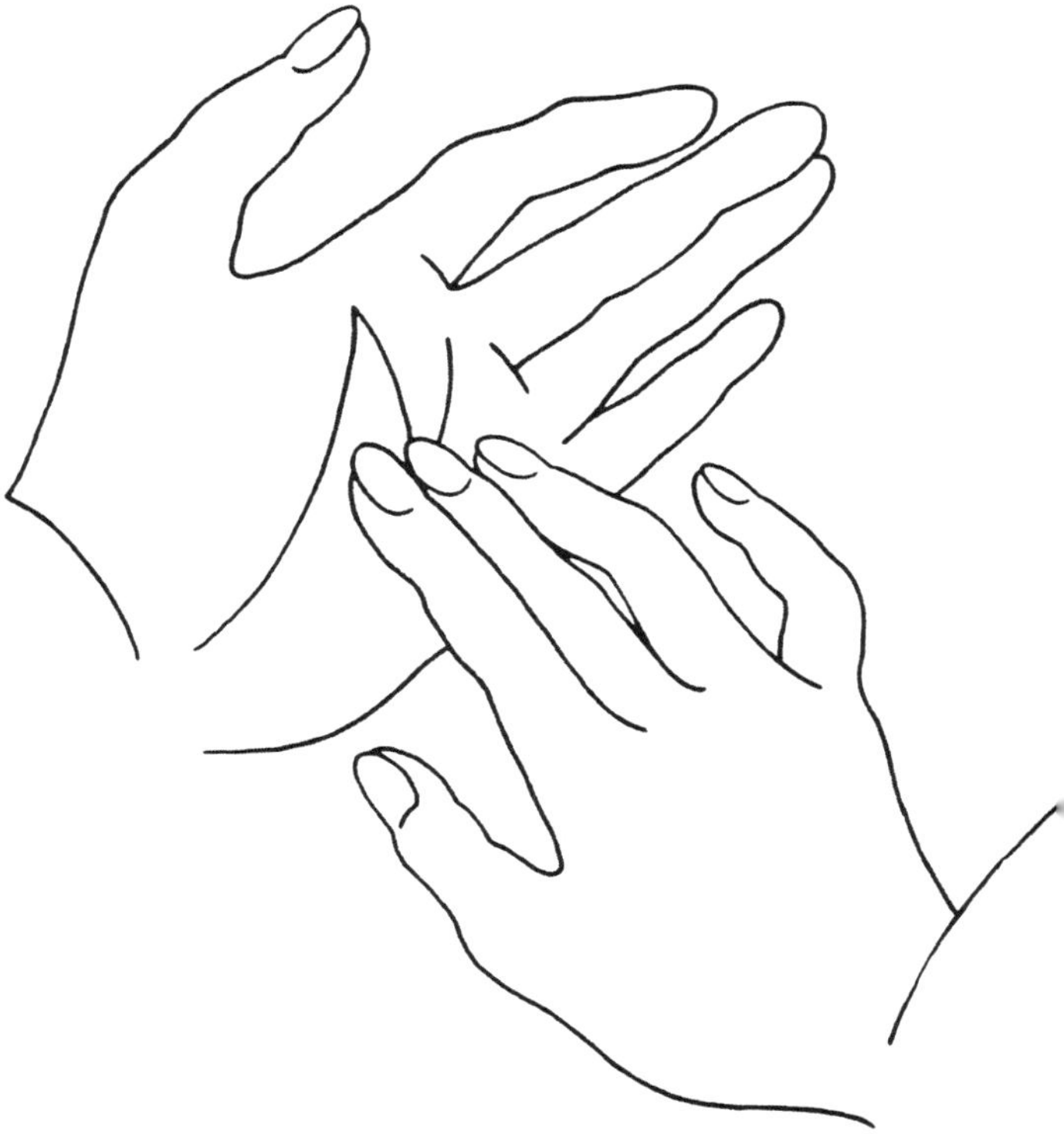

あの人を忘れ去らうか　此のまんま
思ひながらに死んで行かうか

言ひ出せない言葉が一つあつて
帰りの道にまた煙草つける

一人居る淋しさにふとあけてみた
箪笥の底に見えた短刀

ぐつさりとこの光つてる短刀を
刺してみたらと持ち替へてみる

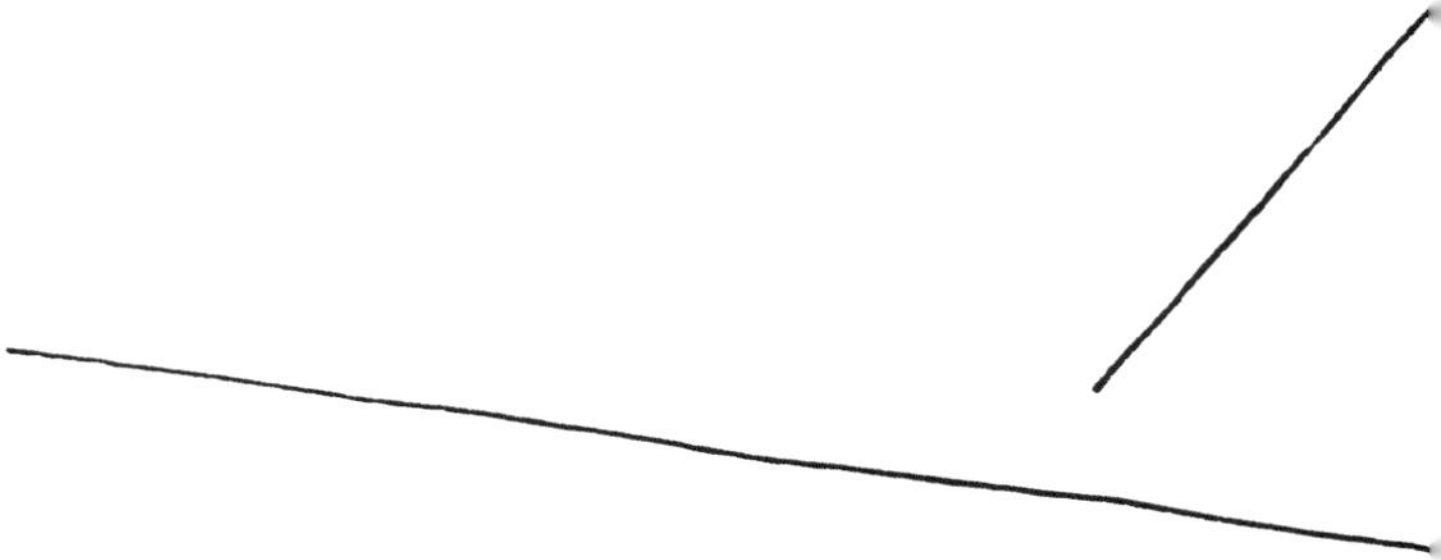

泣いたつてどうなるものか
それよりはジヤズで行かうよ
うはべだけでも

旅に出た君の便りをあてもなく
待つ日の長さ窓に雨降る

束ねるにまだちと早い濡髪を
暫し吹かせる川風　のよさ

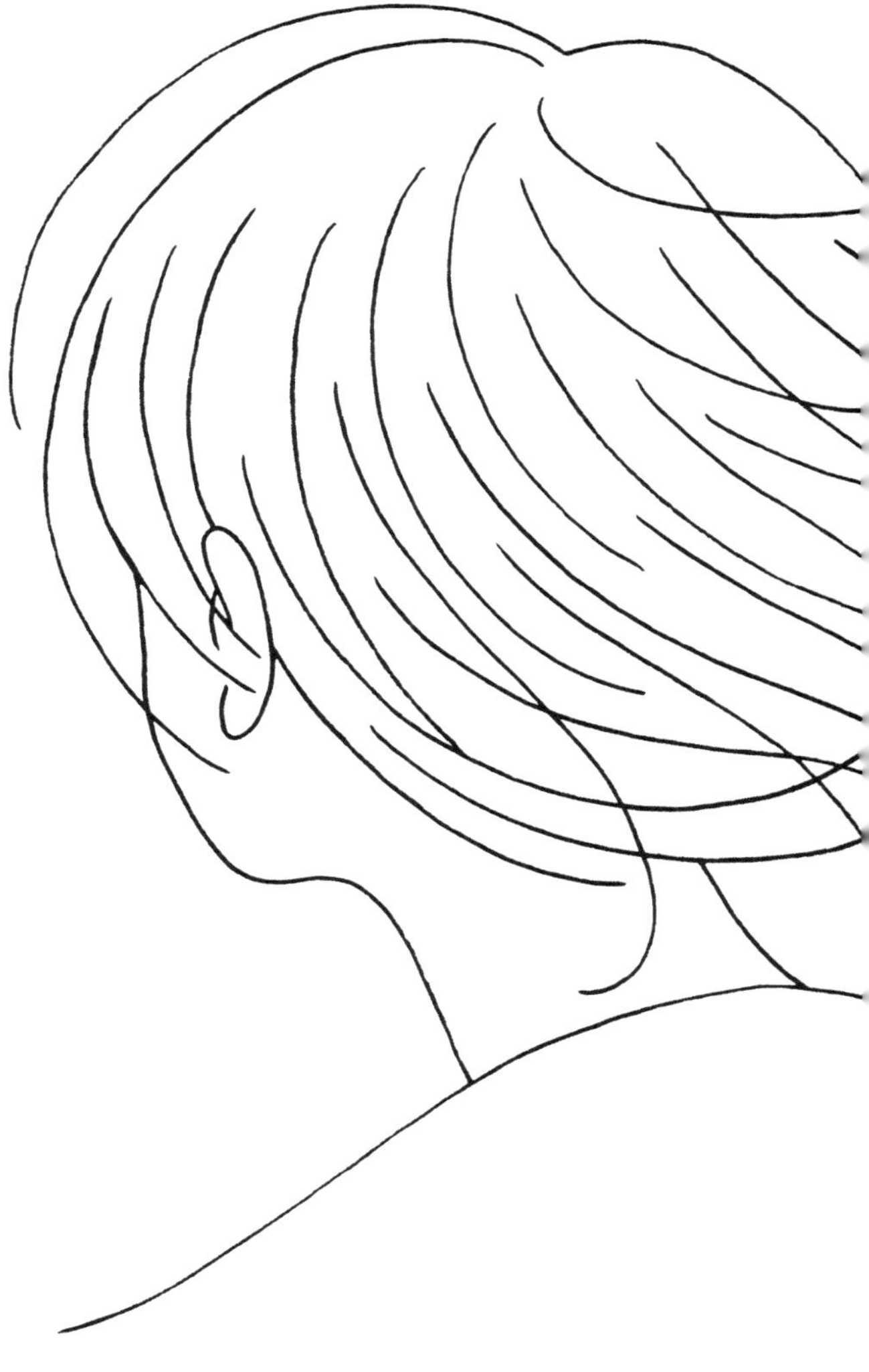

名も分かぬ小草の揺れもその人と
見れば嬉しく　たんぼ道行く

毎日の生活になんのゆかりもない
話をしてゐて嬉しい二人は

すいんちよがすいんちよと障子で
鳴き出してふつととぎらされた
一つの想ひ

またしてもおもひは君に走つてたんだ
あたりの草に鳴き出したすいんちよ

君に借りた本にはやはり君の吸ふ
煙草の香りするも嬉しい

借りた本返すに何の遠慮なく君に
手紙を渡すすべ知る

逢はれずに帰つた夜のやるせなさ
灯《あかり》もつけず湯にぢつとゐる

今日もまた別々な道を帰るのか
松の並木をつゝむ夕もや

母の願ひとその人のおもひとを
容れる術思ひめぐらす男となつた

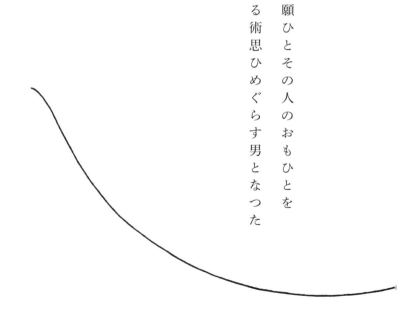

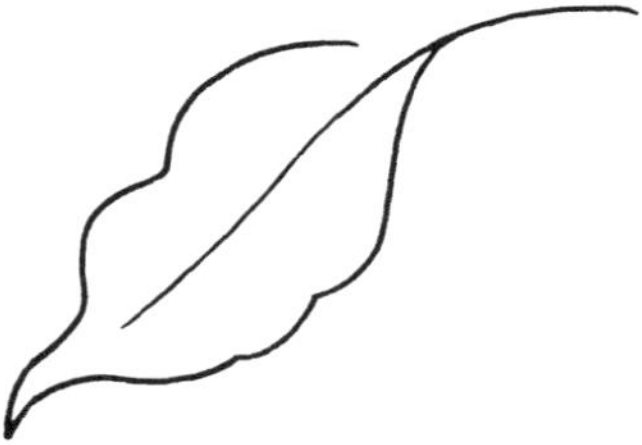

ある時は死さへ安しと語り合ふた
願ひ明るくゆるされて　秋

何時死ぬか知れぬと言ふて遺書めいた
事書いた手が晴着縫ふてる

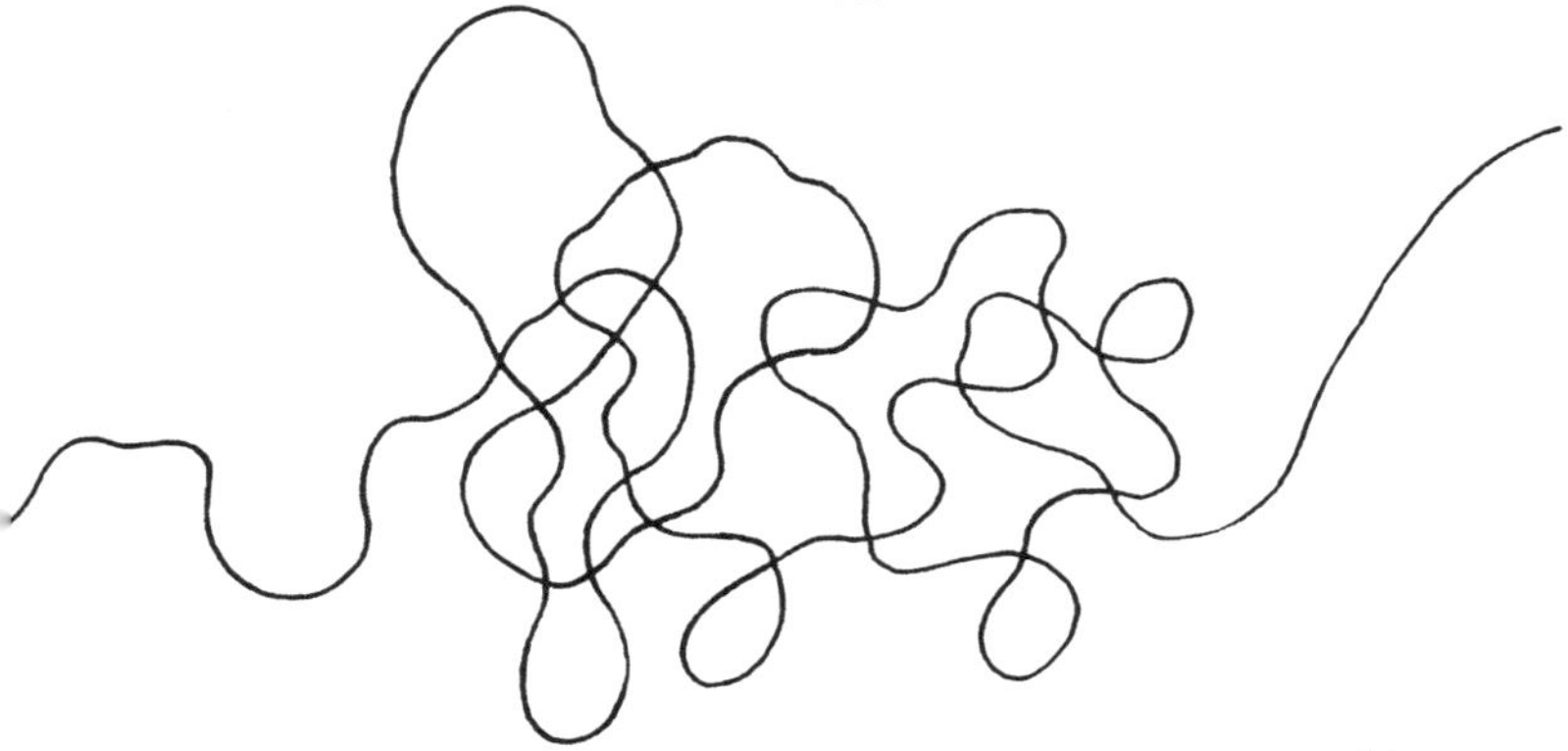

焦燥　不安　喜びが折り返す波の中で
針運んでるか　彼女の便り

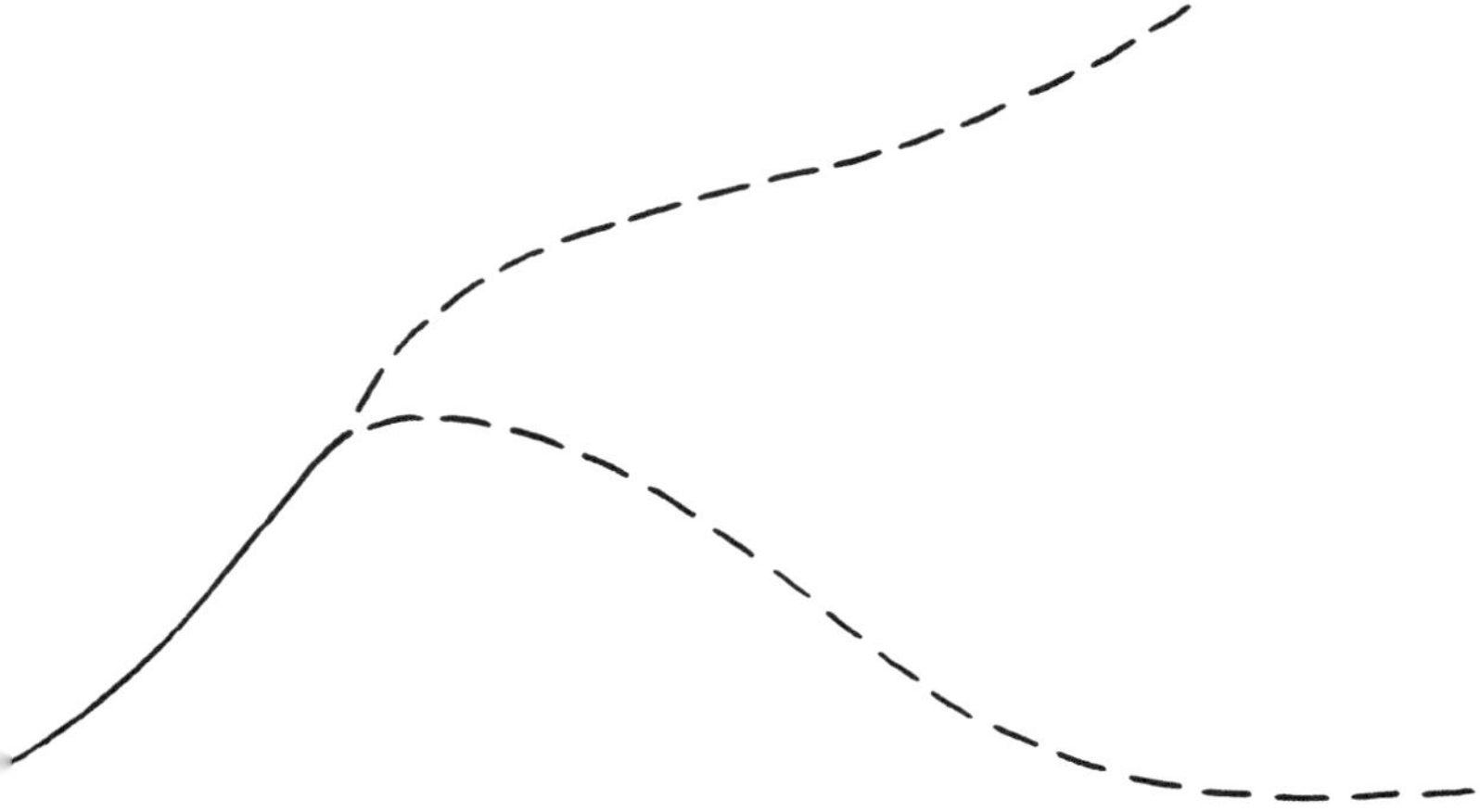

二つの心が一つにならふとしてる
んです　お天とさんお天とさん
お笑ひでない

自分だけの心に思つてゐた人との
縁談を持つて来てくれた人

叶ったら魂が飛び　駄目だつたら
気がふれるだろ　君との縁談

子の心知らぬか母はにべもない
断り君に送らうとする

明け近い朝の小床に夢み得た君は
言葉もなくて消えてく

花嫁のお披露目日和を告げるように
鳴くは何鳥はじめての朝を

夢かしら　いやさうぢやない
こんなにも君にしつかり抱かれて
ゐるんだ

妻として君にかしづく日も近く
やめる勤めに心ひかれる

子等のこと可愛く思はぬではないが
君と添ふため棄てた教職

花びらと花びらがいつか抱き合ふた
夕べの牡丹にあはい月の出

ねみだれた髪を直すに鏡見る事が
まばゆいはじめての朝

悲しみはどこにあるだろ　淋しみは
みんな昔の夢か　二人にゃ

親達の心をはかり昼休みだけ妻に
ポーズさせて庭を描いてる

酒臭い君の息吹きを微苦笑に
紛らせて受ける夜のくちづけ

描いてれば
子猫の様にたわむれかゝる
妻の退屈の相手になつてやる

嫁と言ふ言葉に一日疲れてる
不平もあるが夜は妻です

確然と親となる日を考へねばならなく
されてる安月給の中に

たまにしか二人で居られる日はないに
君はページをまた繰つてゐる

ぱら〳〵とページめくればその本を
枕に奪つて君を抱いた

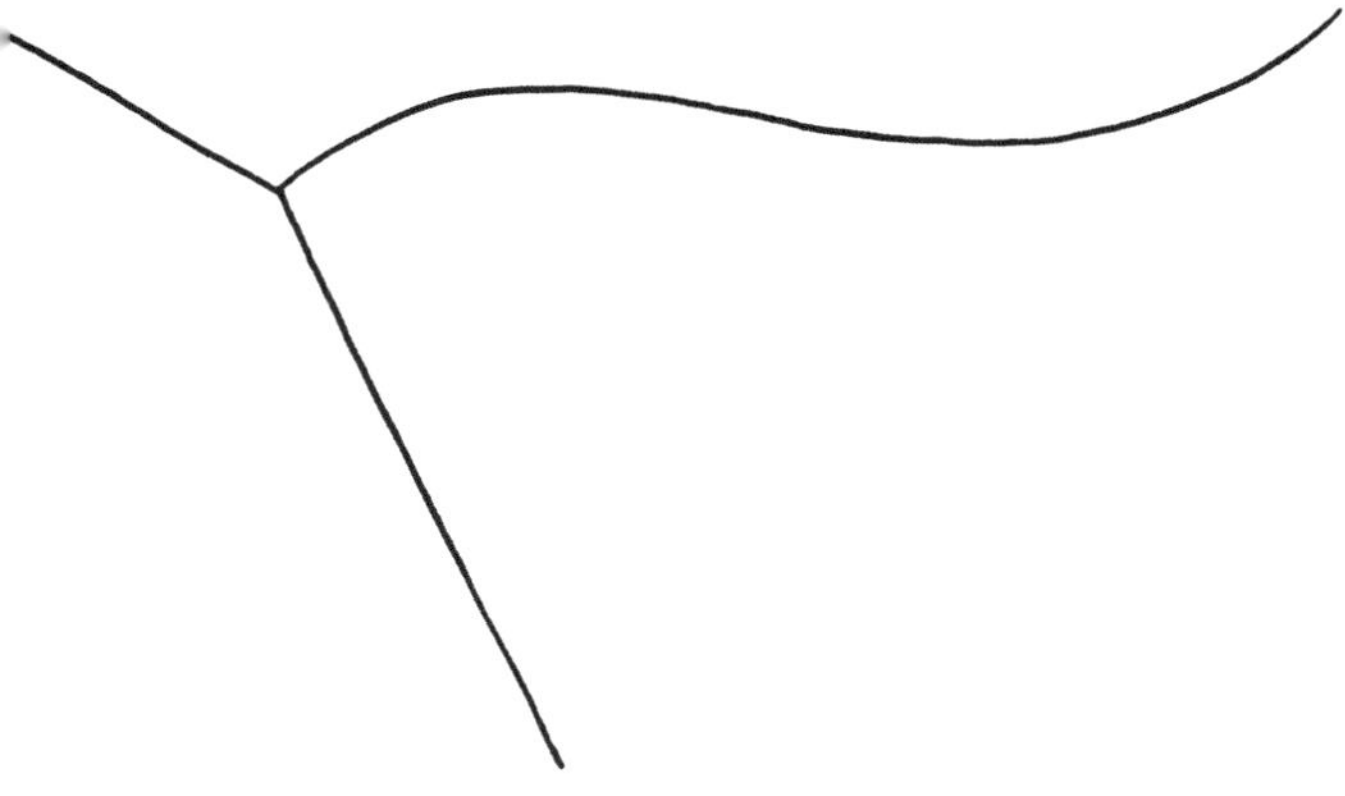

側に妻は眠りぺらぺらページを
めくらせるものを押しつけようとする

君が母を愛しむ様に実家の父思ふて
眠れぬ夜もあるものを

自分にも何故かわからぬ焦立ちの
やりばはいつも君に向けてる

うごめきを身内に感じ母となる日の
喜びをその度に持つ

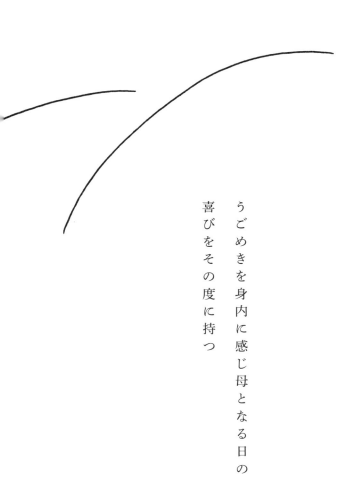

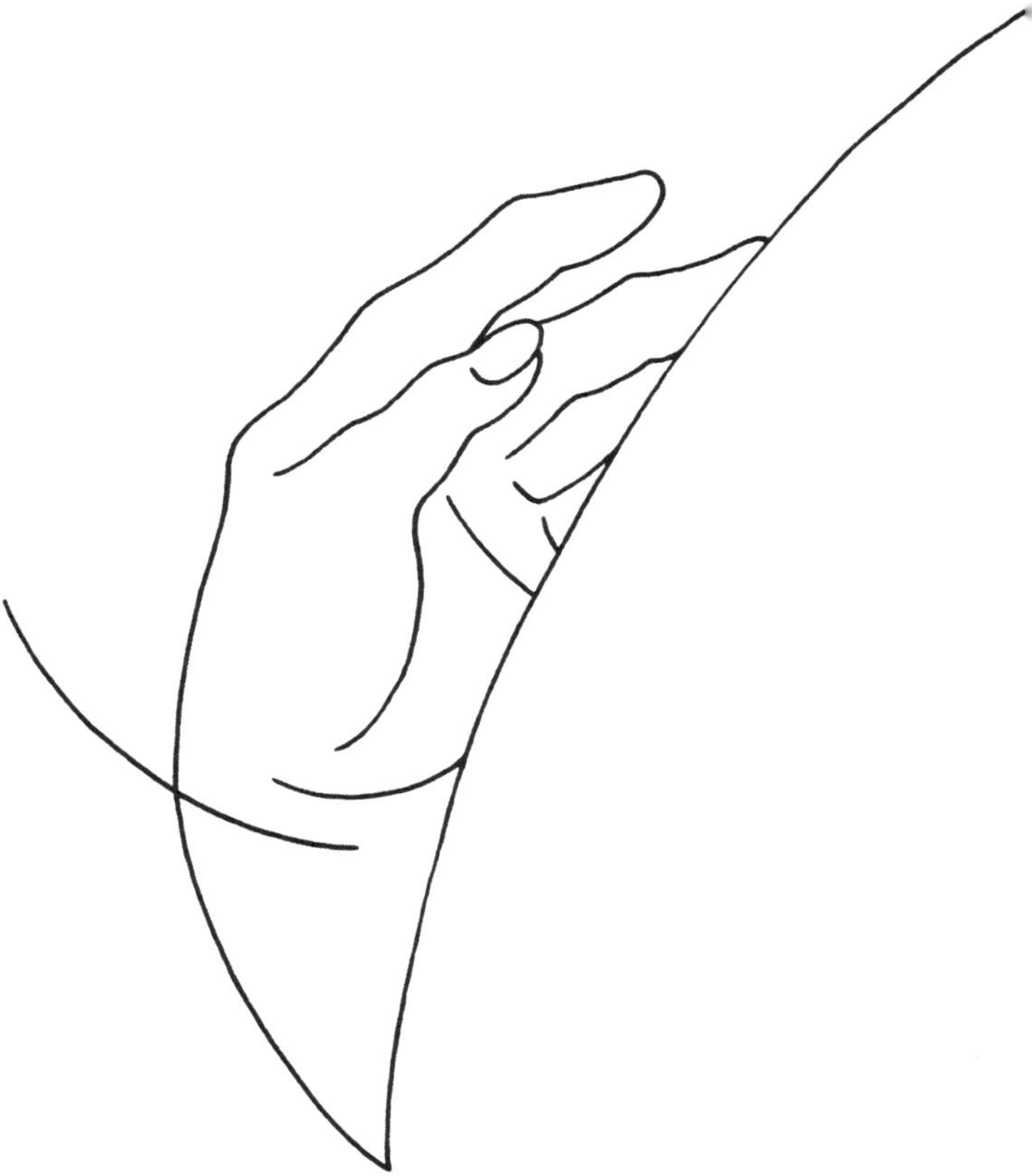

あれもこれもみんなすませて
それからと心せかる身内のうごめき

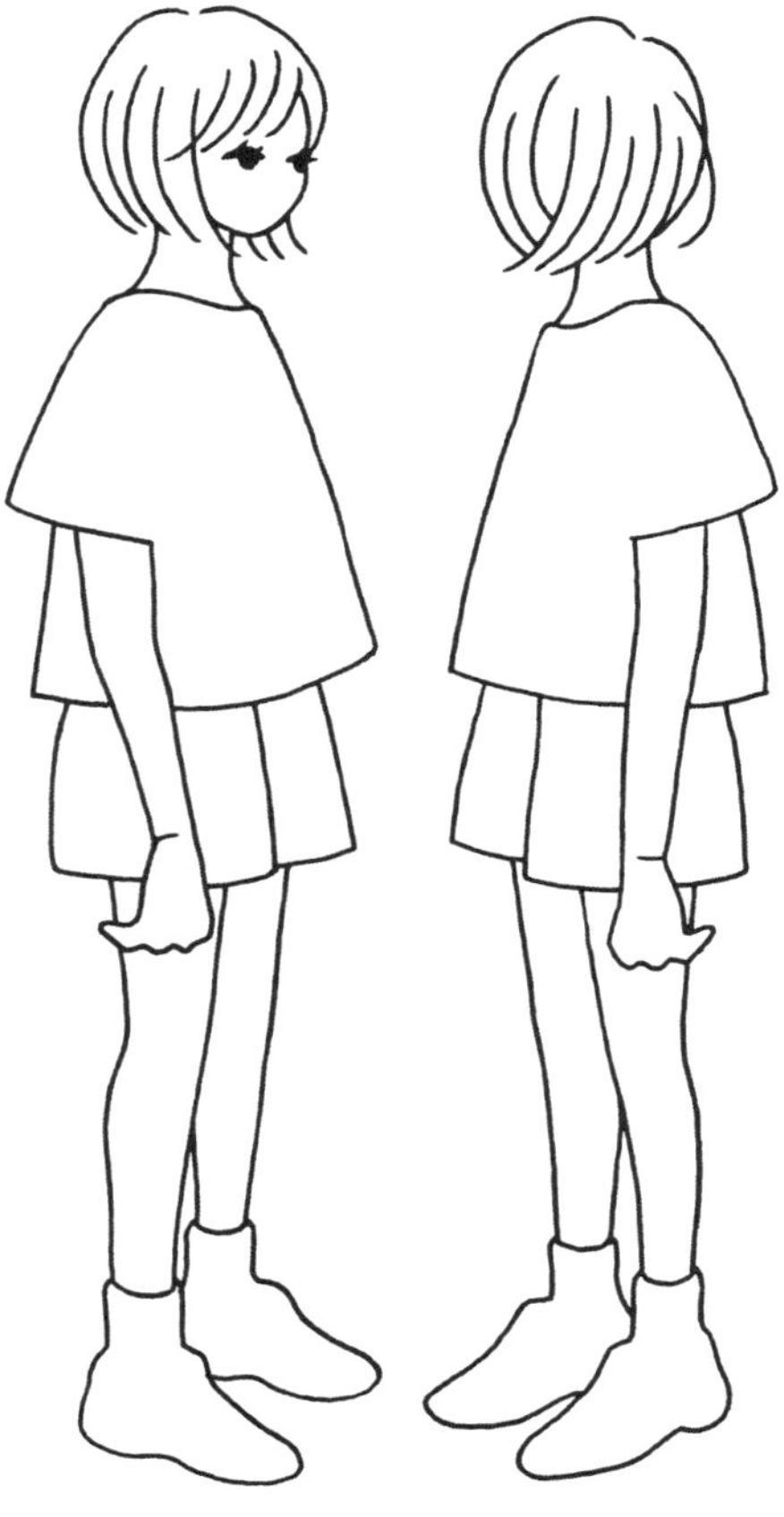

妻の胎内に俺の子が居るうそのよな
事実に生活の焦点がある

世の誰と別れやうとも孤独ではない
そんな気がする胎動を感じて

胎動があつたと妻が笑ふて話す
日暮の玄関に靴ひもをとく

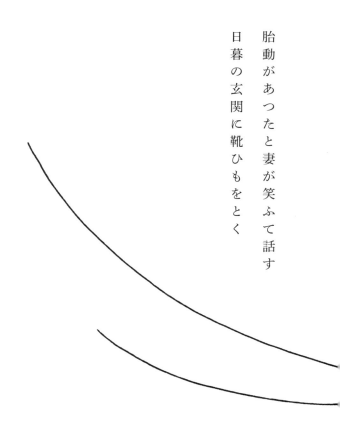

さき〴〵を思ひくらしてみごもつた
事さへ悔いる　そんな夜もある

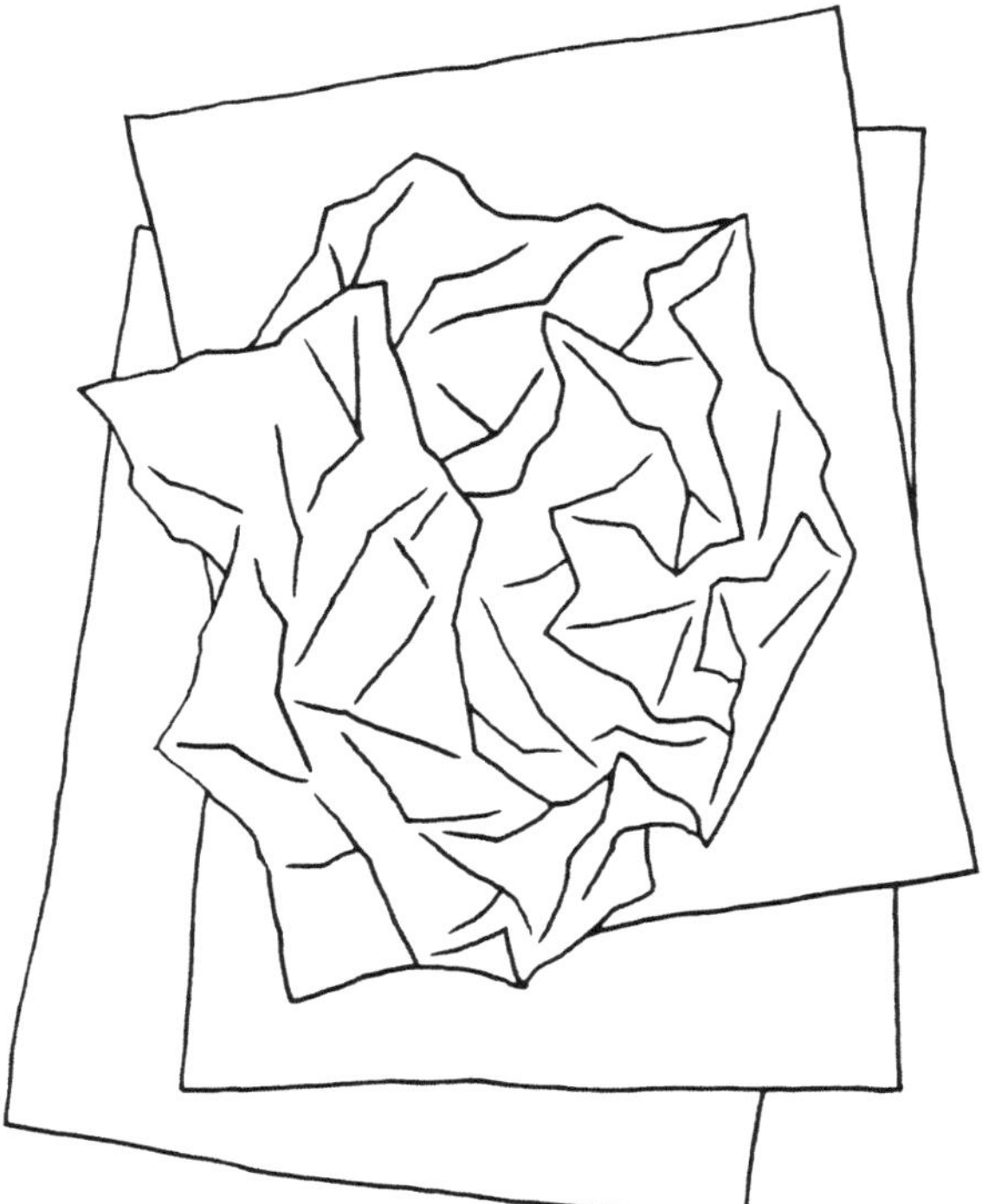

父を知らず育つた君が父になる日も
遠くない亡くなつたお父さん

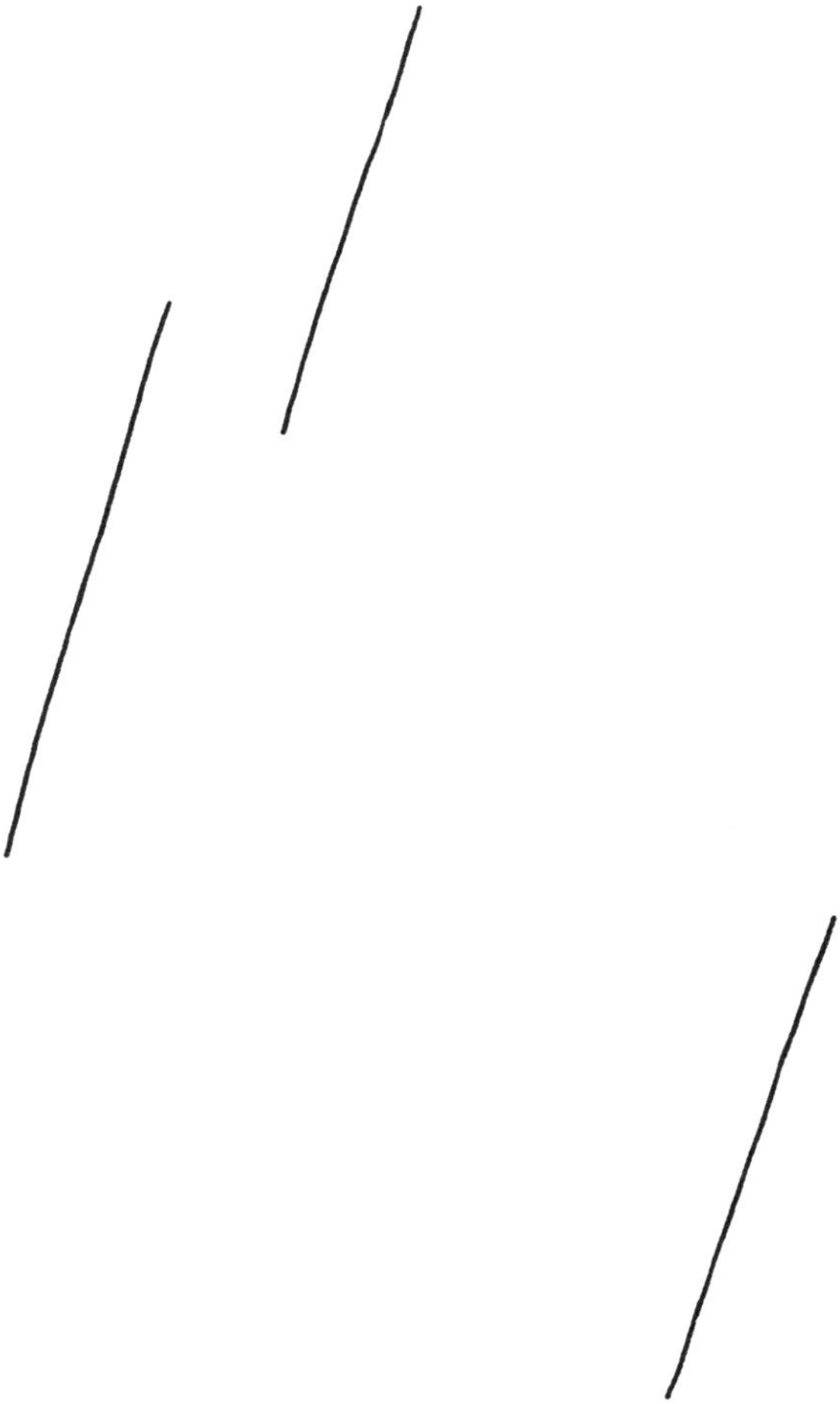

腹の中にうごめきがある君の居らぬ
雨夜少しもさびしくはない

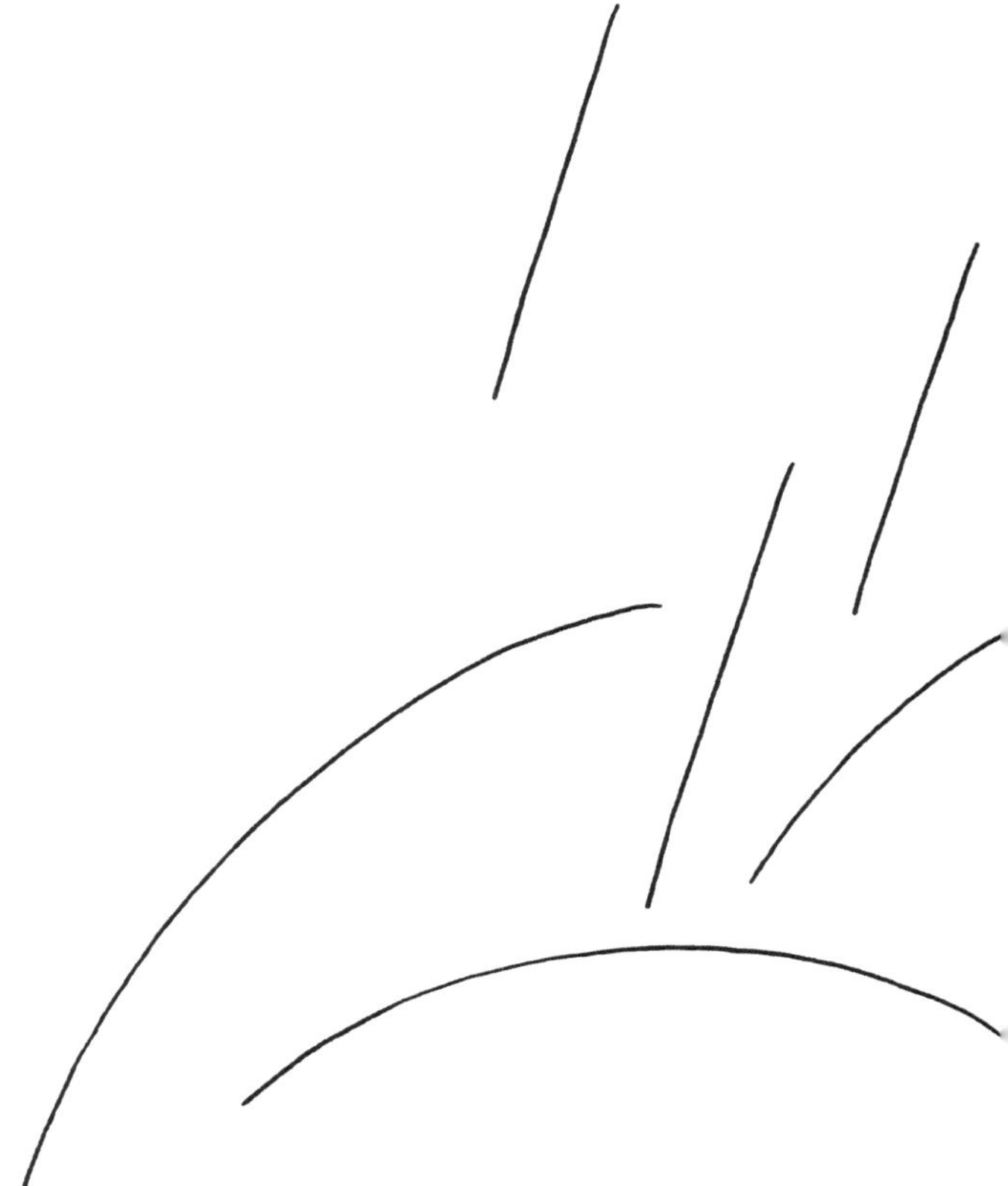

お父様になるんぢやないのと
なか〳〵に目ざめぬ朝の君を
揺さぶる

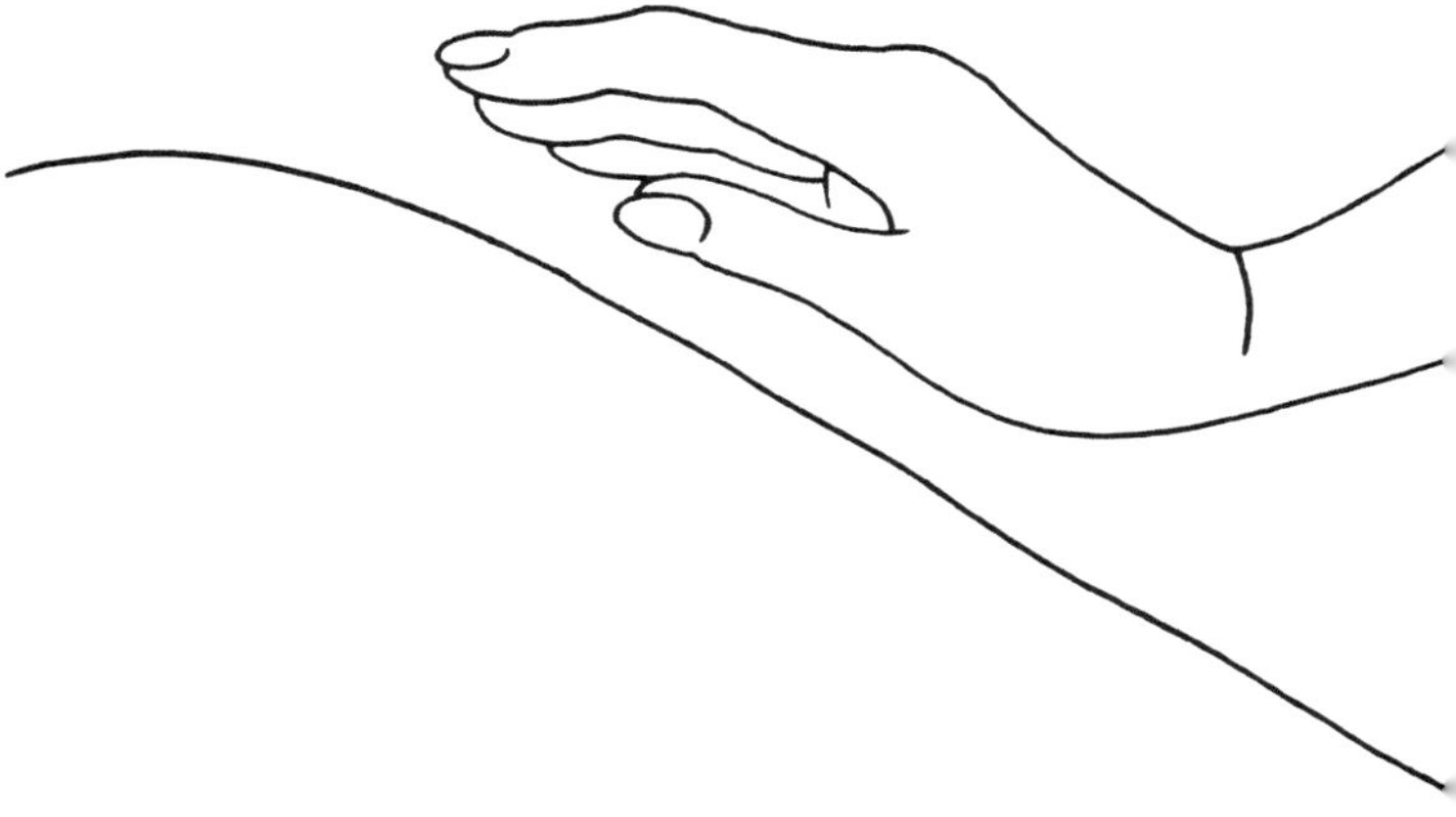

軒場の軒場のちゅんちゅく雀よ
踊つてくれ坊やに
はじめての朗らかな朝

「ワイシヤツを洗つた夢を見てゐたの」
とりとめた妻の命にまた泣けてゐる

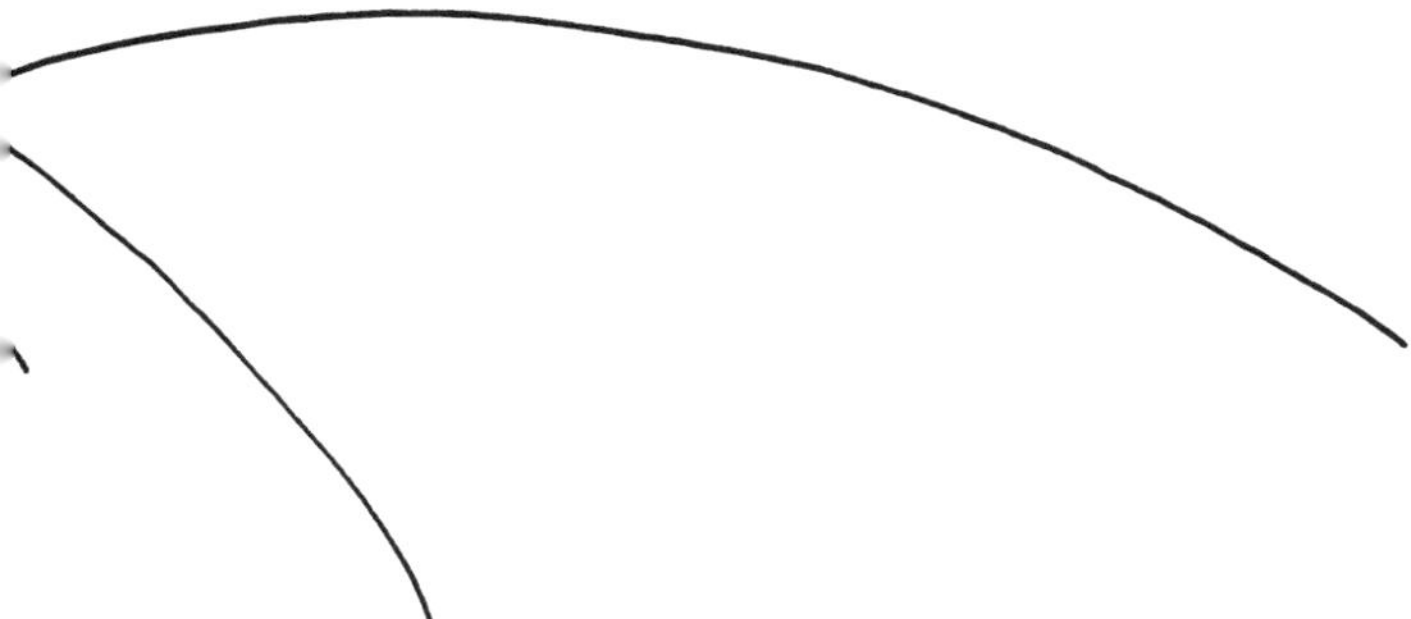

怒つた怒つた大きな声だな嬉しいぞ
ちんぽこはだてじやない
さうださうだ坊や

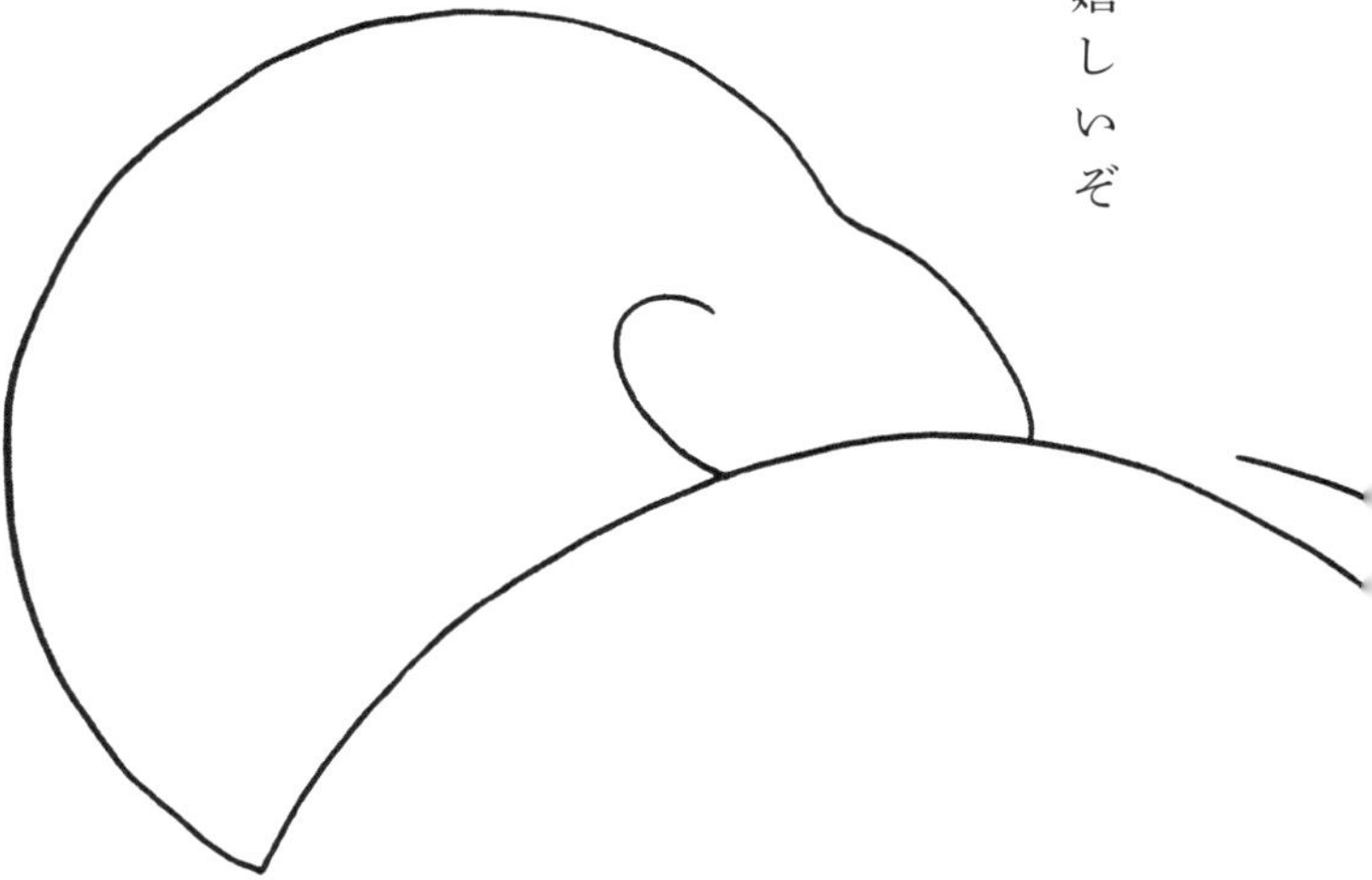

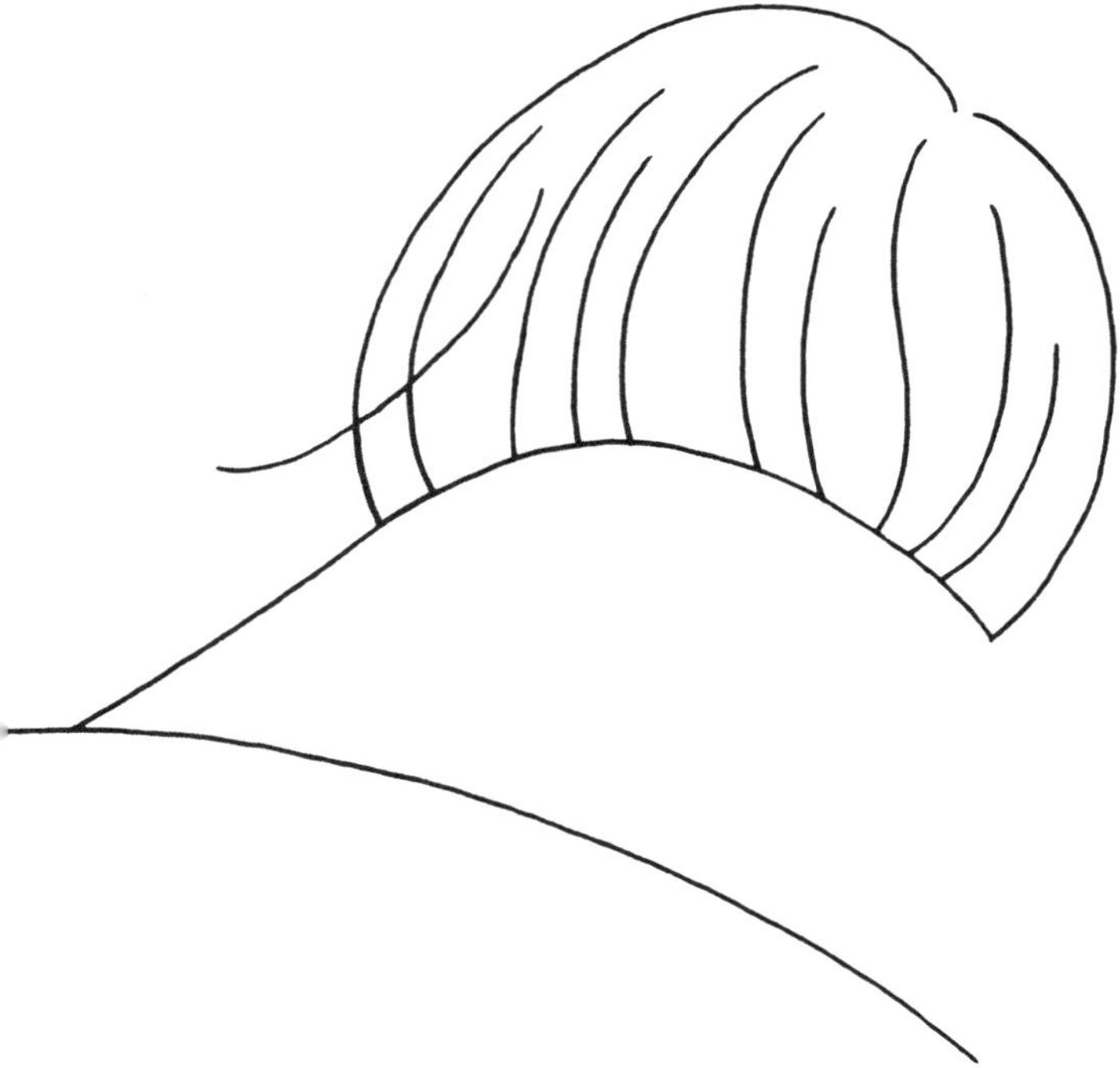

苦しむ事さへ出来なくなつて
よりかゝつた妻の重みを
抱きしめてゐる

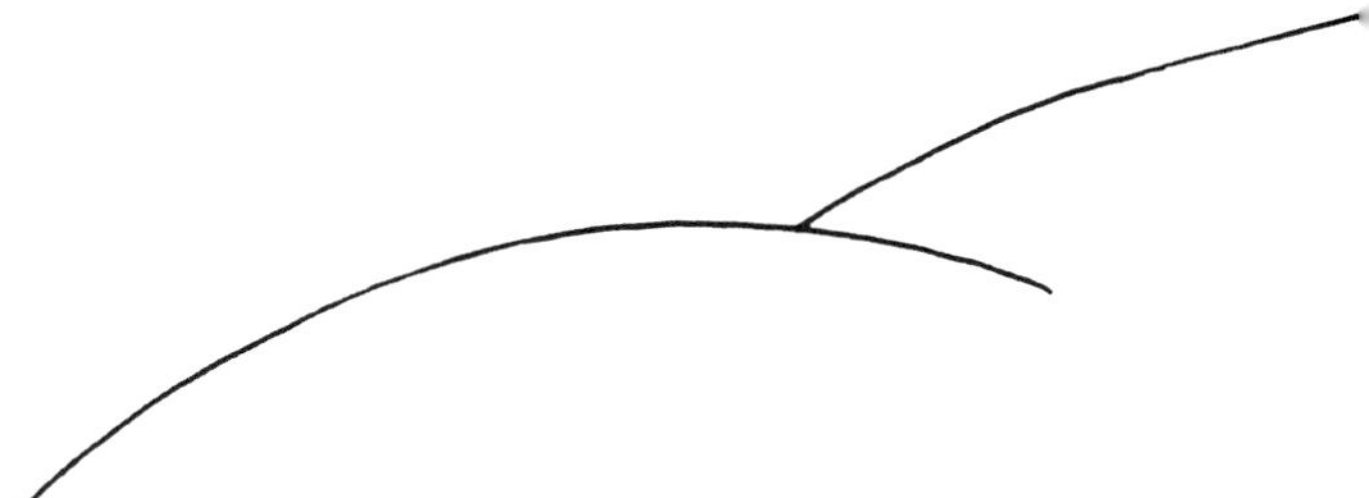

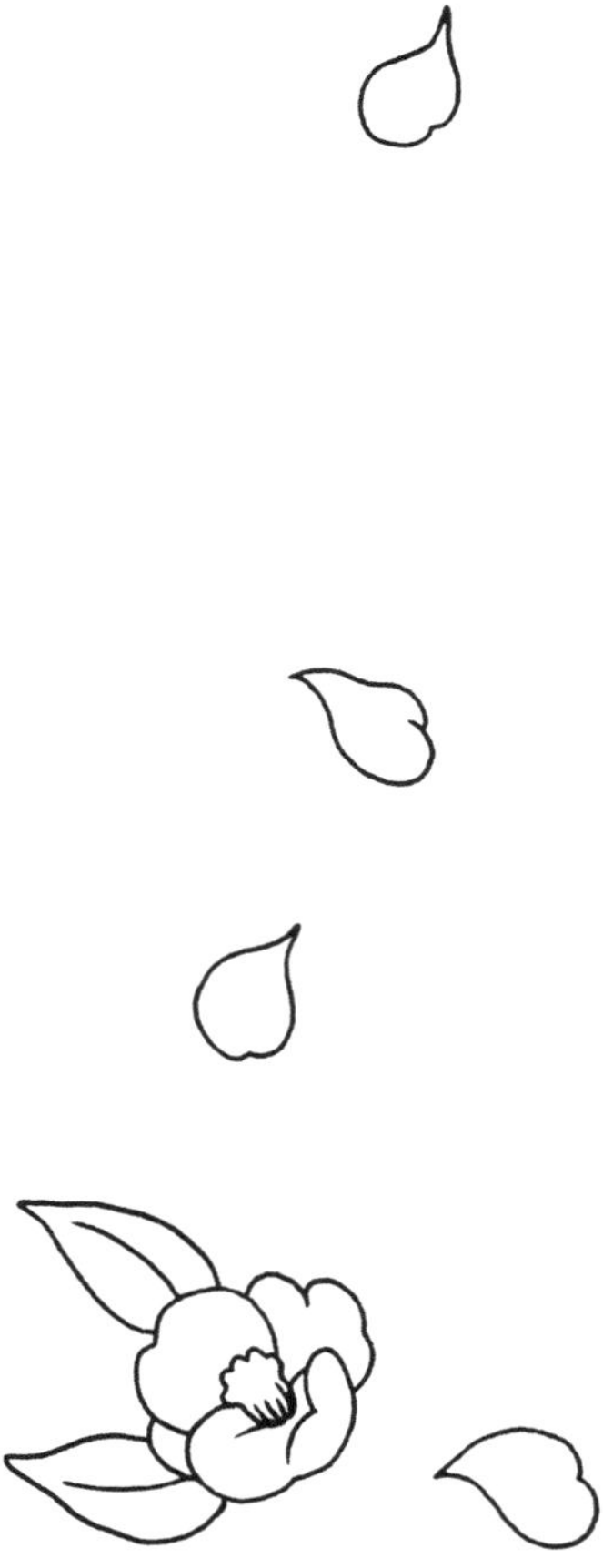

昨日の午前読んだ「藝自」の新年号が
最後だつた　ひらかぬ瞳よ

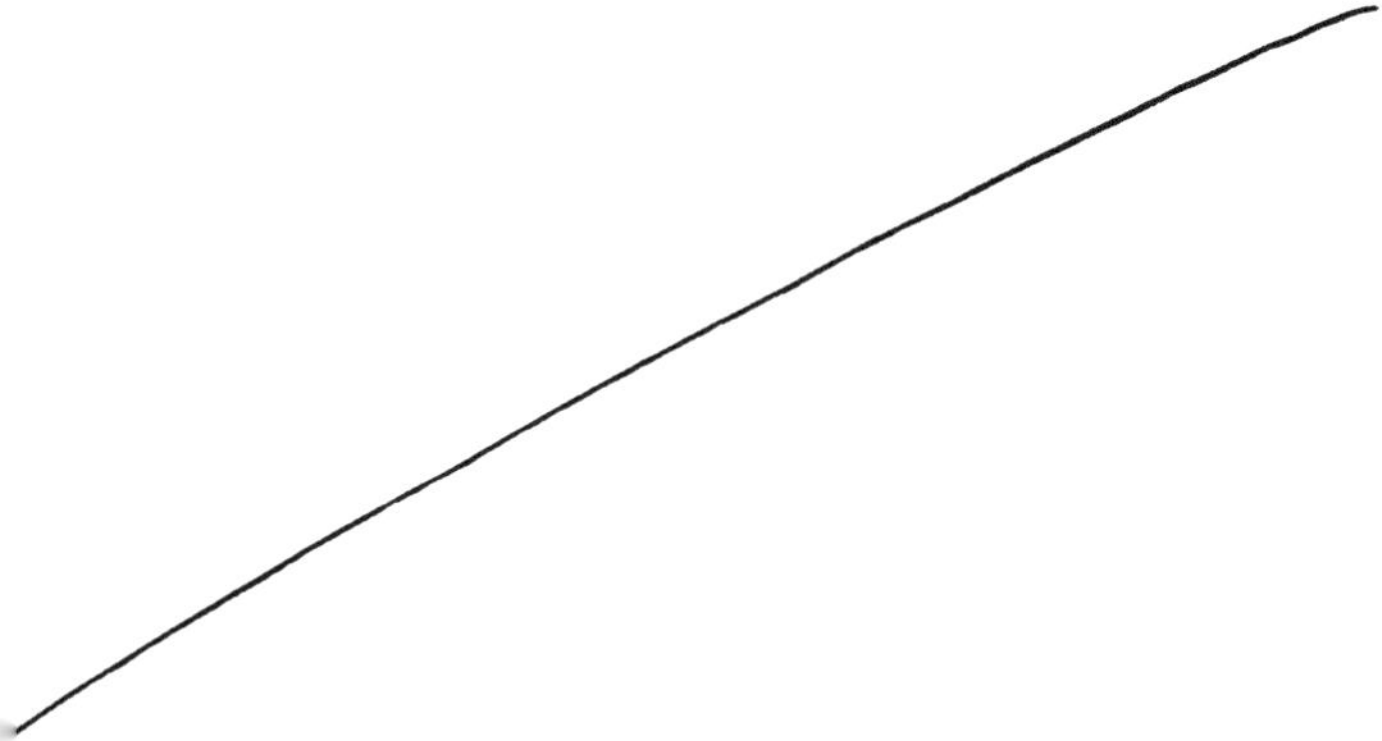

たつぷり墨をふくませて一気に筆
走らす　今こときれた妻の顔描く

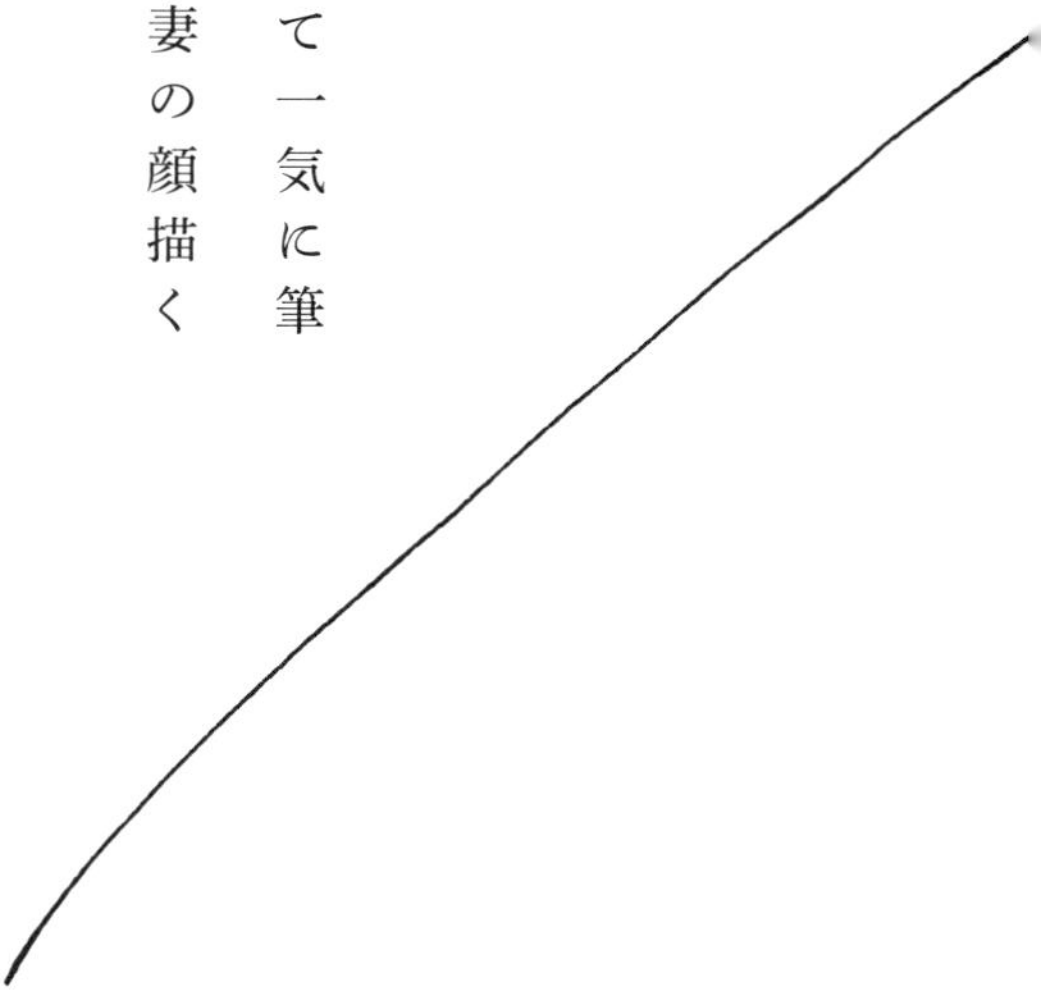

さてもさても言葉の弱さ妻に死なれた
男一匹だまりこくつてる

父を知らず育つた俺が母知らぬ
子供の父になつてしまつた

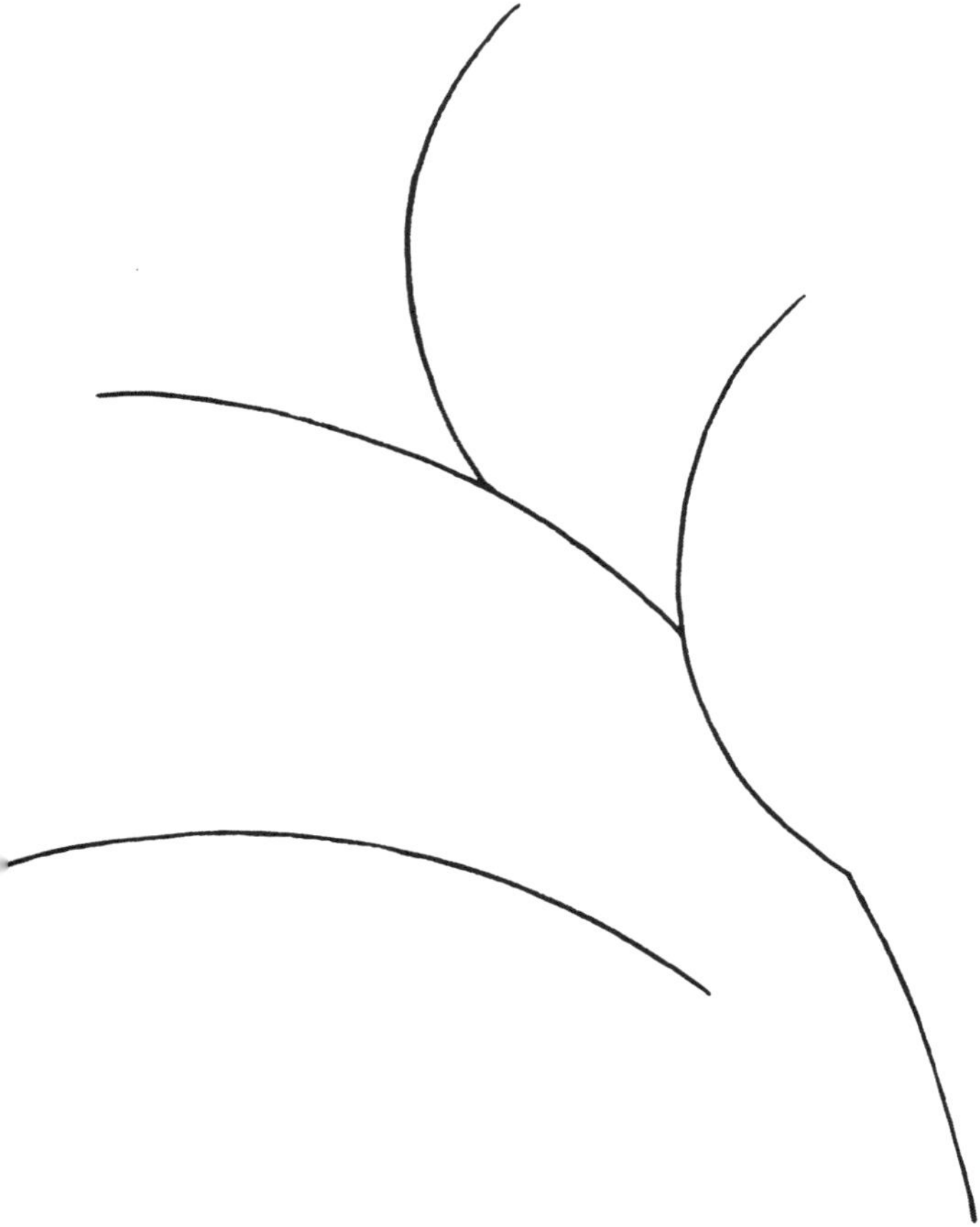

里子に出した坊やの乳母がその昔の
俺の教へ子だとは　おゝおゝ神様

すぱすぱと乳を飲んでるは俺の子
だがその若い母は他人の妻だ

紅椿の墓　智燈妙麗大姉の墓
松枝の墓　妻の墓　去り難い墓

あやしてもあやしてもぢつと電気
みてる坊のまなざしよ妻に似てゐる

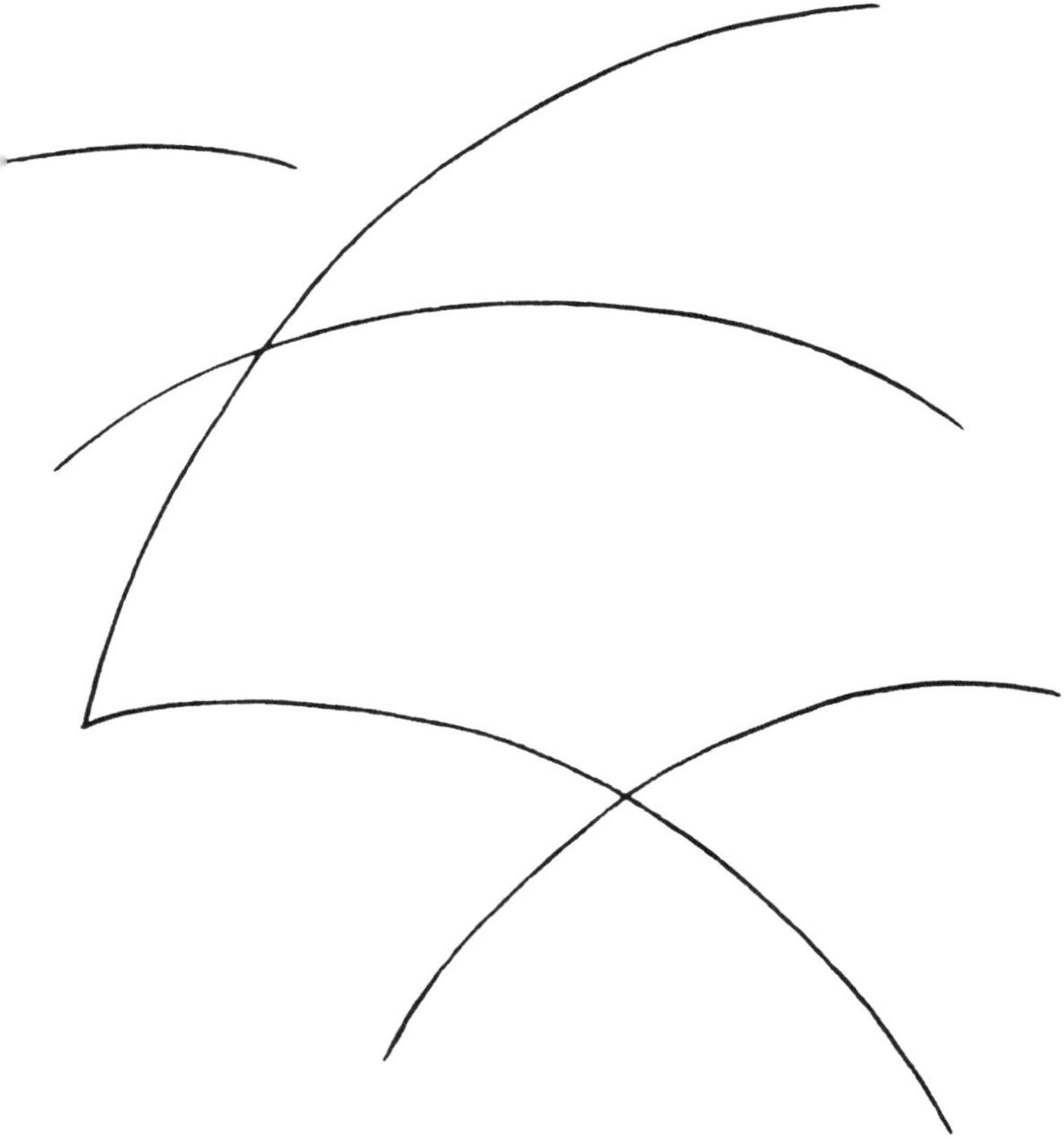

どこからともなくふくよかな手が
さしのべられ心かきむしるだろ
春ともなれば

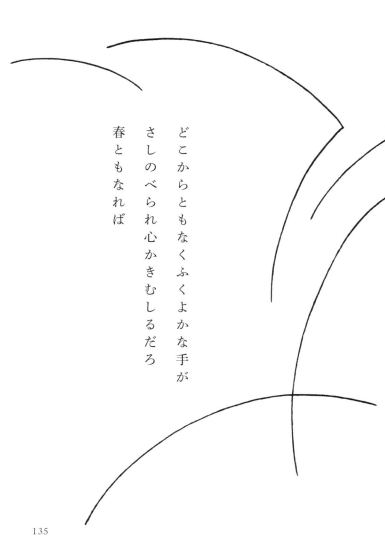

それぞれの柄にそれぞれの思ひ出が
ある妻の浴衣がむつきになつて庭先
にほされてる

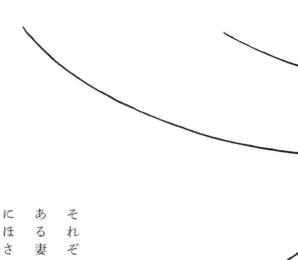

あれからたつた一つの張りだつた
妻の遺著が出来上るさみしさ
（紅椿）

けつとばされればけつとばされる
まゝに走る石ころ
俺もけつとばされて動いてるいのち

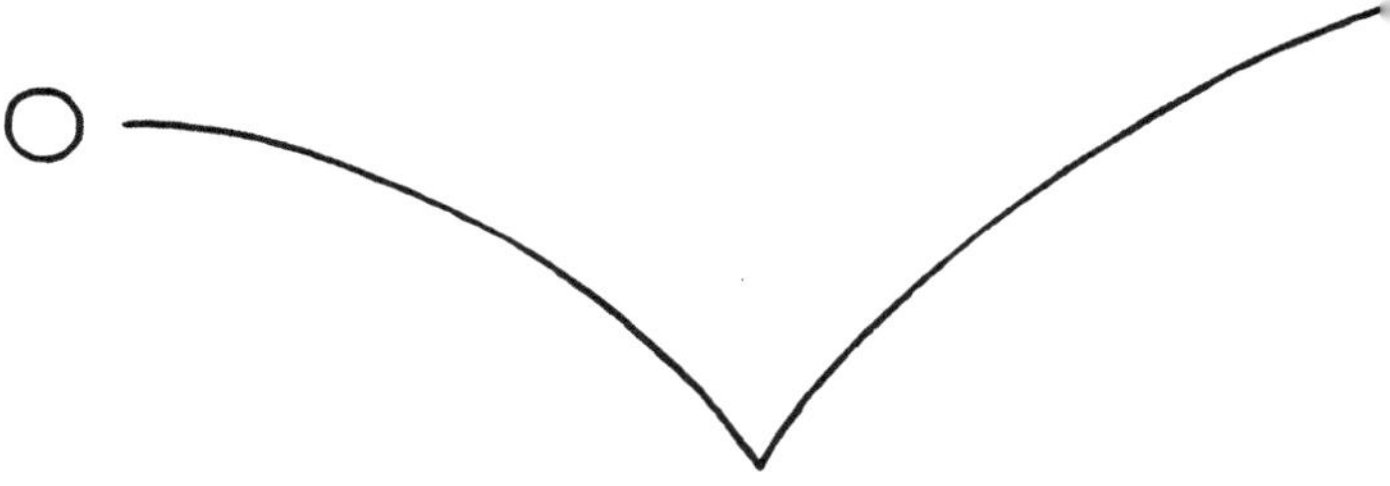

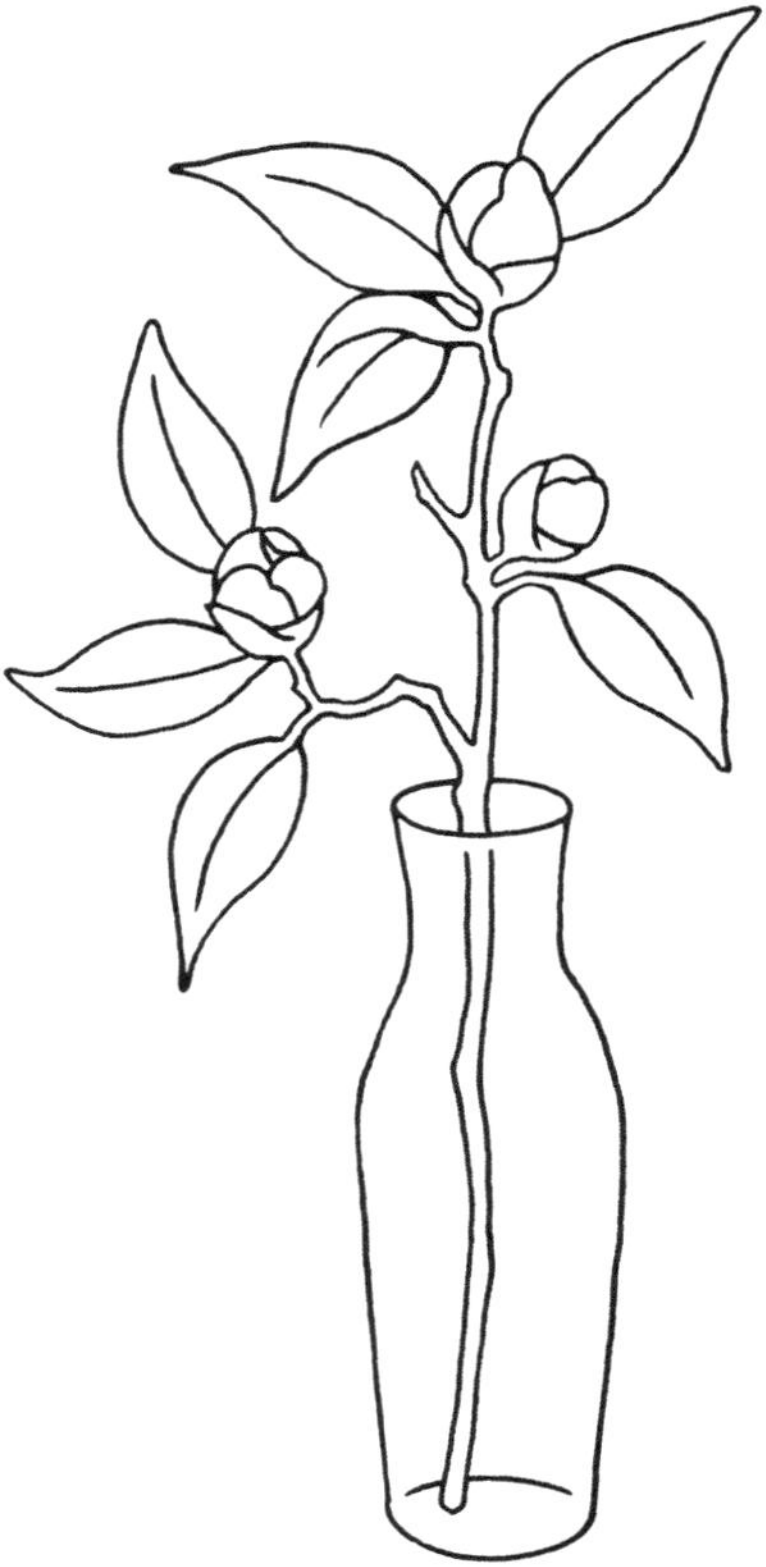

去年は妻のために咲いてくれた紅椿
だつたか固い蕾の枝を手向けて
一周忌

亡妻への追憶もあつて紫雲英の花
そつけなく捨てゝ仕舞ふ子へまた
摘んでやる

母をよぶ言葉をもたぬ子と遊び
日曜を淡彩でぬりつぶす

あの年のやうにほつかり日向に咲いた
紅椿だよ　子は墓まで歩いて行けるよ

生活に負けたといふ気持ちの起る
時はきつとやさしい父になる

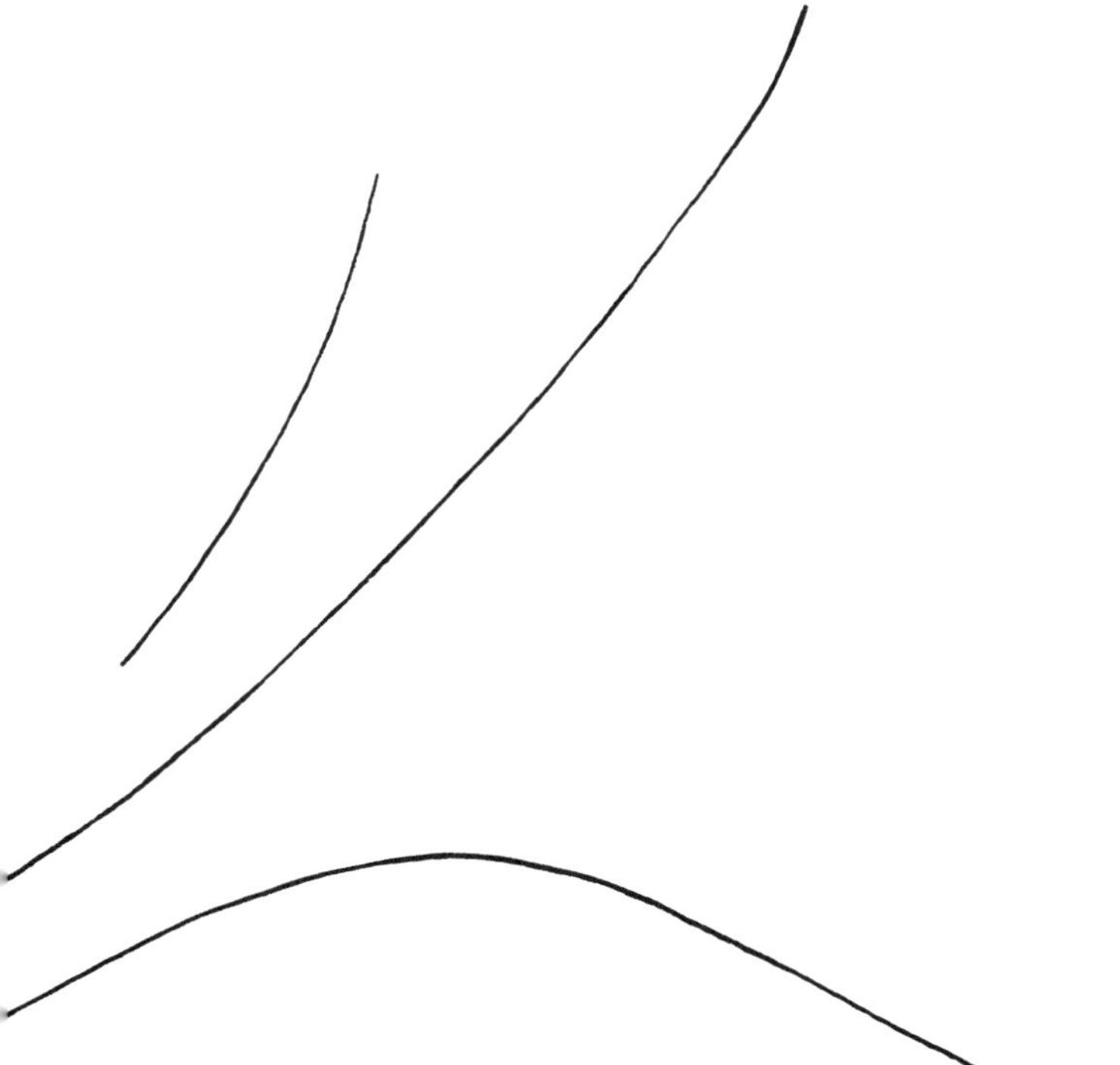

淋しい時はぶらり山へ行つて見ろ
草木はなぐさめの言葉をもつてる

所収一覧

大槻三好『白墨の粉』（紅玉堂書店、一九二九年）
大槻三好『花と木馬』（素人社書屋、一九三四年）
大槻松枝『紅椿』（紅玉堂書店、一九三〇年）

大槻三好と松枝のこと

大槻三好は第二歌集『花と木馬』の後記に「私の歌は私の生活記録で、他の何ものでもない」と書き遺している。夫婦それぞれの生活を詠った歌はとても素直で、口語短歌だからこそ馴染み深く感じられ、時代を超えてまっすぐ届く。

展覧会の期間中に、鑑賞者の反応を気にするでもなく展示室をぶらつくことが何度かあり、夫婦の短歌をぼんやりと目で追っていた人がふと私に振り向き「大槻三好さんって、小学校の先生でしたよね。お世話になっていました」と思い出したように言った。「短歌をされていたんですね。知らなかった」と不思議そうな反応だった。

三好は一九二二～一九六一年まで太田市内の学校の教員として勤めていたため、現在の太田市でも、教師としての三好を知る人は多数存在するだろう。しかし、松枝のことを知っている人はほとんどいなかったし、情報を手に入れることもできなかった。三好の著作を読んでも、『花と木馬』以降、松枝の記述はほとんど見つけられない。

展覧会が始まって暑さも和らいだ頃、三好と松枝の間に生まれた正好さんが美術館に来場してくださり、正好さんも両親と同じように短歌を詠んでいたと伺ったことを機に、展覧会終了後に正好さんのもとを訪ねて、改めて夫婦の歴史を辿ることになった。

太田市の歴史の一部を知る手がかりでもあり、口語短歌時代の一端を担った歌人の人生の記録を、今ここで改めて記しておきたいと思う。

まずは三好と松枝、二人の生い立ちから辿ってみる。

大槻三好は一九〇三年二月に群馬県新田郡九合《くあい》村大字内ケ島（現・群馬県太田市）に生まれ、二歳の頃に日露戦争で父を亡くす。和歌や俳句、墨絵などを描いて老後を過ごし九十二歳まで生きた祖父の影響で、小学生の頃から図画や作文を好み、十七歳から油絵や短歌に傾倒していった。本人は飛行機で空を飛ぶことを夢見ていたが、十四歳の頃に小学校准教員養成講習を受け、母に説得されて師範学校へ入学し、教員の道へと進む。一九二二年から鳥之郷尋常高等小学校（現・太田市立鳥之郷小学校）の訓導として勤務。七月には天笠大録、金子信三郎等と文語歌誌『若人』を創刊（十一月に大澤雅休の命名で『土と光』に改名）。一九二三年に北原白秋の口語歌『赤い鳥小鳥』の短歌型児童詩に触れ、児童詩の分野に口語表現の短歌が含まれるべきと考え、児童への短歌指導に着目しはじめる。そのため文語歌仲間と決別し、口語歌へと転向。一九二四年には奈良の歌人・清水信が創刊した『郷愁』に参加。一九二五年には東京の歌人・西村陽吉が創刊した口語歌誌『芸術と自由』に、一九三一年の廃刊まで参加し続けた。一九二六年六月、自由律歌誌『露台』の主宰者・高草木《たかくさき》暮風《ぼふう》が現・群馬県桐生市の出身であることを知り、自由律短歌の詩作をはじめる。一九二九年に第一歌集『白墨の粉』を発行。

大槻松枝（旧姓・山本）は一九〇六年十二月に群馬県新田郡太田町（現・群馬県太田市）に生まれる。父親は埼玉県東松山の士族で、明治から警察官に転向し、中島飛行機の警備員に採用されたことをきっかけに太田市に移り住んだ。一九二五年、十九歳で群馬県立太田高等女学校を首席で卒業。当時、第一期の卒業生だった。同年六月に鳥之郷尋常高等小学校で代用教員として働きはじめ、八月には女子師範学校の講習を経て尋常科正教員となった。学生時代から文藝委員を担当するなど文藝熱に燃えており、一九二八年四月、二十二歳の頃から口語歌を盛んに作りはじめ、『芸術と自由』に参加し、七月には『悩み』二十七首を初めて発表。松枝は十二冊のノートに二千五百首ほどの口語歌を書き溜めており、その批評を三好に求めた。

教員として同僚であり、短歌の師弟関係でもあった二人は、互いに惹かれ合っていくなか、一九二八年の秋に二人の縁談が舞い込み、紆余曲折を経て、無事に結ばれることになった。同年十月三十一日に松枝は教員を退職し、十一月に二人は結婚した。

一九二九年には三好主宰で松枝等と新短歌雑誌『松毬』を発行（松枝の死により一年で廃刊）。松枝は十二月二十一日に長男・正好さんを出産し、産後に心臓の衰弱のため一時重篤となるも快方に向かう。しかし翌年一月五日に急変し、一月六日に他界。自身が短歌として詠んでいた通り、二十五歳で逝ってしまった。

松枝の死後、三好は、正好さんに乳を与え育てるため、元教え子が子どもを産んですぐに亡くしてしまったと聞き、彼女のもとに正好さんを里子に出す。一九三〇年四月に、土田杏村、高草木暮風、清水信の『短歌建設』に加盟。五月に松枝の遺稿歌集『紅椿』を出版。一九三二年九月には教職十周年記念として、児童歌集『小鳥の歌』を出版。一九三四年二月、第二歌集『花と木馬』を出版。同年四月に富岡きぬと再婚し、二男四女をもうける。一九四四年に現・韮川小学校の校長に、一九五五年に沢野小学校の校長となり、教員として三十九年間勤め上げた。

一九五二年に、現・群馬県みどり市出身の作詞家・石原和三郎の長男と対面したことを機に、和三郎伝の執筆に取り掛かり、一九五五年に『童謡の父、石原和三郎』を発行。和三郎についての執筆を続け、一九七二年以降も立て続けに和三郎に関する本を出版している。同時に短歌界で精力的に活動しながら、油絵や版画の制作を生涯続けた。一九八七年九月十六日、心筋梗塞のため八十四歳で永眠。

三好と松枝は共に小学校の教員を仕事としていた。松枝が代用教員として鳥之郷尋常高等小学校で働き始めた当時、三好は同学校の教員としてすでに働いていたので、この本に収録している短歌から読み取れる通り、三好と松枝は学校やその周辺で逢瀬を重ねていた。松枝にとって、短歌は恋文の代わりでもあったのかもしれない。縁談が舞い込みそれが決まるまでの松枝は、結果次第では死を選ぶのではないかと三好や周囲を恐れさせるほどに、文字通り命懸けだった。仕事も恋も諦めるしかないのかと人生の意義を問う瞬間や、結ばれてからの女性としてのささやかな幸せや妻としての心情は、現代を生きる多くの人にも共有できるものではないだろうか。松枝は、自身の身体の弱さを自覚し、時に思い通りにいかない人生を嘆きながらも、烈々たる心を抱えるありのままの自分を短歌を通して表現しつつ、ひとりの女性・妻・母として生きた。

三好は、父の顔を知らず、たったひとりの母に育てられ、松枝と結婚して子供が生まれ、自分自身が父になった矢先に、自分にとっての妻を、子にとっての母を亡くしてしまった。奇しくも入れ替わるように繰り返す「片親」という家族のかたちが浮かんでくるが、父としての三好の話を正好さんに伺うと、それは更に複雑なものだった。

正好さんの話によると、三好は、物心ついた正好さんに、松枝の話も、三冊の歌集の話もしなかった。正好さんは祖母（三好の母）を母親だと思っていたが、中学一年生の時に実家で『紅椿』を初めて読み、本当の母親を知った。

三好と松枝が結婚するまでは、三好が松枝に短歌の指導をしていて、松枝は毎週のように手帳に短歌を書き、三好はそれを添削した。正好さんは三好の書斎に忍び込んでその手帳をこっそり読んでいたが、義母・きぬに見つかり、三好ときぬの夫婦喧嘩になり、手帳は全て焚き火で焼かれてしまった。そんな背景もあり、三好はきぬの前では正好さんと話すこともなくなってしまった。

中学校を卒業する前に祖母が他界したこともあいまって、居場所をなくしたと感じた正好さんは、十五歳で陸軍特別幹部候補生として所沢航空隊に入隊した。半年で終戦したため中学校に復学し、師範学校を卒業。両親と同じく教員の道へと進み、太田市内の学校で四十年間教師生活を送った。

正好さんのもとを訪ねたあと、三好の著作や資料、絵画作品などを所蔵している大槻家の本家に伺い、正好さんと腹違いの兄弟・直佑さんと友康さんにお会いした。

腹違いでも兄弟の仲はよく、今でも毎年集まる仲だそうだ。三好ときぬの長男の直佑さんは、私の地元の足利市の学校で教員として勤めていたり、正好さんの次男、その妻もまた教員というように、教員一族となった。

本家には広い庭があり、植物が美しく手入れされている印象だった。それについて伺うと、車の運転ができなかった三好は、庭で花を育て、それをモチーフにして絵を描いていたという。

その庭の隅には一棟の小屋があり、「蝸牛庵」という看板が掲げられている。そこには、三好の著書や絵画作品、所蔵していた本などが保存されていた。絵画作品は大小様々で、食卓で使うお盆や、蚕の幼虫を入れる皿、大工が捨てた板などに絵を描いているものもあり、目についたものに描かずにはいられないという気迫があった。

実際に三好は、家で食事をしてまだそれを飲み込みもしないうちに離れのアトリエに向かい、次の食事に呼ばれるまで、更に夜中まで、ずっとアトリエに篭って絵を描いたり原稿の執筆をしていた。

「蝸牛庵」という名の通り、渦巻くように篭って表現を続けていた三好は、松枝について語ることはなかったものの、例えば絵を描くためにじっと観察していた植物や風景のなかに、ふと松枝を想う瞬間もあったのではないだろうか。

正好さんは戦後間も無く歌を詠みはじめ、三好の影響で口語短歌にのめりこんだが、第二芸術論（注）に押しつぶされ、一時歌から距離を置いた。教員退職後に歌心が再燃し、文語歌に切り替え、第一歌集『かぎひろの道』（あかぎ出版、二〇〇六年）、第二歌集『白道』（あかぎ出版、二〇〇九年）、第三歌集『餘光』（上毛新聞社二〇一二年）と、合計三冊の歌集を出版した。

正好さんには母・松枝との直接的な記憶はないものの、残された歌や手掛かりを辿って、松枝と三好と自身とを繋ぐように詠んだ歌がいくつかある。

父知らぬ父の子われは母知らず片親欠くる運命《さだめ》なりしか

許されねば心中してでも結ばれむ相愛の父母の血を承《う》けし吾

生まれおち直ぐに逝きたる母なれば眼《まなこ》閉ずれど面輪《おもわ》浮かばず

入隊を機に知らされし妣《はは》の名とその人柄とその写し絵と

皺みたる母の写真の色褪せて弾丸《たま》くぐりしは遠き日のこと

目の開かぬわれを遺してみまかりしまみえぬ母の遺歌集光る

筐底に眠りし妣《はは》のノートあり乙女の日々の華やぎ踊る

描きかけのスケッチブックと絵の具箱胸に抱《いだ》きて父逝きませり

待たせたな待ってゐたわと抱へ合ふ母父《おもちち》の顕《た》つ蓮の夢《うてな》に

正好さんにとって、短歌は母・松枝そのものだった。それは正好さんがずっと抱えていた淋しさに寄り添い、短歌の道へと誘った。また、口語歌人として新短歌運動を生涯貫いた父・三好が、生活記録として歌を詠み続けた姿勢を、正好さんは受け継いだ。家族のかたちが複雑に変化するなか、それぞれの想いは歌として遺され伝えられてきた。

三好と松枝がかつて勤めていた鳥之郷小学校は、金山の西方向の麓に位置している。当時二人が共に時間を過ごしていたであろう金山やその周辺の松山は、今も変わらず太田市にそびえ、街のいたるところからその姿を確認することができる。二〇一七年に太田駅の北口に太田市美術館・図書館が開館したことをはじめ、太田市の街並みは時と共に姿を変えていくが、現在でも、街を辿り、山の方から吹いてくる風に思いを馳せれば、二人の歌人の生活の断片を見つけることができるかもしれない。

注・第二芸術論 —— 第二次世界大戦直後、評論家・桑原武夫が提起した現代俳句否定論。『世界』一九四六年十一月号（岩波書店）に「第二芸術 —— 現代俳句について」の題で発表。

参考文献

大槻三好『垂曲線』（多摩書房、一九七九年）
大槻三好『思い出は歌に乗って』（現代書房新社、一九八四年）
大槻三好『教壇回想記　太平楽』（現代書房新社、一九八六年）
大槻正好『かぎひろの道』（あかぎ出版、二〇〇六年）
大槻正好『白道』（あかぎ出版、二〇〇九年）
大槻正好『餘光』（上毛新聞社、二〇一二年）
太田市美術館・図書館『ことばをながめる、ことばとあるく
——詩と歌のある風景』（リトルモア、二〇一八年）

謝辞

本書を刊行するにあたり、
多大なるご協力を賜りました
大槻家の皆様に心より感謝申し上げます。

大槻三好（おおつき・みよし）

一九〇三年二月二十五日、群馬県新田郡九合村大字内ケ島（現・群馬県太田市）に生まれる。一九一七年、十四歳で小学校準教員検定試験に全科合格。一九一八年、群馬師範学校本科一部入学、油絵、短歌等に傾倒。一九二二年、卒業。鳥之郷尋常高等小学校訓導となる。一九二三年、北原白秋の口語歌『赤い鳥小鳥』により児童への短歌指導に着目、口語歌へ転向。一九二五年、西村陽吉主催『芸術と自由』に参加。一九二八年、山本松枝と結婚。一九二九年、芸術と自由叢書として、第一歌集『白墨の粉』出版。一九三〇年、亡き妻の遺著『紅椿』出版。一九三二年、児童歌集『小鳥の歌』、一九三四年、第二歌集『花と木馬』出版。同年、富岡きぬと再婚。鳥之郷尋常高等小学校に二十年勤務後、太田東国民学校教頭、韮川国民学校長、沢野小学校長などを歴任、その間短歌、絵画制作、童謡研究、情操教育等に取り組む。一九八六年春の生存者叙勲、勲五等双光旭日章。一九八七年九月十六日心筋梗塞にて永眠。享年八十四歳。

大槻松枝（おおつき・まつえ）

一九〇六年十二月二十九日、群馬県新田郡太田町（現・群馬県太田市）に生まれる。旧姓山本。父は埼玉県東松山の士族、明治から警察官に転向後、中島飛行機の警備員に採用され太田市に移住。一九二五年、十九歳で群馬県立大田高等女学校を首席で卒業。同年六月、鳥之郷尋常高等小学校に代用教員として勤務、八月に女子師範学校の講習に出席。一九二六年、尋常科正教員に。一九二八年四月『芸術と自由』に参加、同年七月に『悩み』二十七首を発表。同年十月、教員を退職し、大槻三好と結婚。一九二九年十二月二十一日、長男正好を出産。一九三〇年一月六日、心臓の衰弱のため他界。享年二十五歳。

惣田紗希（そうだ・さき）

グラフィックデザイナー／イラストレーター。一九八六年、栃木県足利市に生まれる。二〇〇八年、桑沢デザイン研究所卒業。デザイン会社にてブックデザインに従事したのち、二〇一〇年よりフリーランス。二〇一三年より東京から足利市に拠点を移す。インディーズ音楽関連のデザインや装丁を手掛けるほか、イラストレーターとして雑誌や書籍を中心に国内外で活動中。

山風にのって歌がきこえる
大槻三好と松枝のこと

2019年10月7日　初版発行

著・装丁　惣田紗希
発行人　宮川真紀
発行　合同会社タバブックス
東京都世田谷区代田6-6-15-204　〒155-0033
tel : 03-6796-2796　fax : 03-6736-0689
mail : info@tababooks.com
URL : http://tababooks.com/

印刷製本　中央精版印刷株式会社

ISBN978-4-907053-36-9　C0092